Der Hahn von Quakenbrück
und andere Novellen

Ricarda Huch

Alpha Editions

This edition published in 2022

ISBN : 9789356711600

Design and Setting By
Alpha Editions
www.alphaedis.com
Email - info@alphaedis.com

As per information held with us this book is in Public Domain.
This book is a reproduction of an important historical work. Alpha Editions uses the best technology to reproduce historical work in the same manner it was first published to preserve its original nature. Any marks or number seen are left intentionally to preserve its true form.

Contents

Der Hahn von Quakenbrück ....- 1 -
Der Sänger ....- 26 -
Der neue Heilige ....- 49 -

Der Hahn von Quakenbrück

 Im folgenden wird gemeldet, was die Chroniken über den staatswichtigen Prozeß wegen des eierlegenden Hahnes überliefert haben, durch welchen eine freie Reichsstadt Quakenbrück im Jahre 1650 ängstlich erschüttert wurde und leicht zu gänzlicher Auflösung gebracht worden wäre.

Es hatte nämlich der Pfarrer an der Heiligengeistkirche, der der Reformation anhing, mehrere Male auf der Kanzel vorgebracht, daß der Hahn des Bürgermeisters, wider Natur und Gebrauch, als wäre er eine Henne, Eier lege, darüber gewitzelt wie auch merken lassen, daß dergleichen ohne die Beihilfe des Teufels oder teuflischer Künste nicht wohl zu bewerkstelligen sei. Dies verursachte der Zuhörerschaft des beredten Pfarrers teils Belustigung, teils Grausen, und es wurde in den Bürgerhäusern hin und her darüber geredet, besonders in den Kreisen der zünftigen Handwerker, welche behaupteten, von Bürgermeister und Ratsherren dem Regimente verdrängt worden zu sein, an dem sie vielerlei auszusetzen hatten. Allmählich kam es so weit, daß die müßigen Buben, wenn der Bürgermeister sich auf der Straße blicken ließ, anfingen zu krähen und zu gackern und mit solchen Bezeigungen unehrerbietig hinter ihm herliefen. Auch dem Stadthauptmann, der die Kriegsmacht von Quakenbrück im Namen des Kaisers befehligte und eine gewaltige Person war, kam etwas davon zu Ohren, und da er mit dem Bürgermeister wie auch vorzüglich mit der Bürgermeisterin, Frau Armida, befreundet war, begab er sich selbst in sein Haus, um ihn deswegen zur Rede zu stellen. Bevor noch der Bürgermeister nach Gewohnheit eine Kanne Wein auftragen lassen konnte, setzte sich der Stadthauptmann auf einen Sessel, schlug auf den Tisch und sagte: »Tile Stint« – denn so hieß der Bürgermeister –, »das mit dem Hahn muß aufhören, oder du sollst sehn, daß ich nicht von Pappe bin!«

Tile Stint klopfte dem Stadthauptmann auf den Rücken, als ob er einen Hustenanfall hätte, und sagte begütigend. »Wenn du mir sagst, was es mit dem Hahne auf sich hat, so mag es meinetwegen aufhören, da dir viel daran zu liegen scheint.« »Was,« rief der Stadthauptmann noch lauter als zuvor, »so willst du zu der Schandbarkeit deiner Tat noch die Dreistigkeit fügen, sie mir abzuleugnen, da doch das Gelichter der Gasse ungestraft hinter dir her kräht.« Diese Worte stimmten den Bürgermeister nachdenklich, und er sagte: »Das Krähen der mutwilligen Buben ist mir in der Tat aufgefallen, und es wäre mir lieb, den eigentlichen Grund desselben zu erfahren. Ich dachte schon, es sei ein Symbolum und diene den Reformierten, uns Altgläubige damit zu verspotten, doch will ich sie gern einer derartigen Herausforderung und Tücke freisprechen, wenn es sich anders verhält.« Der Stadthauptmann runzelte die Brauen und brummte: »Firlefanz! Solltest du nicht wissen, daß auf das niederträchtige Eierlegen deines Hahnes gezielt wird?«

Auf diese Insinuierung öffnet Tile von Stint seine matten blauen Augen voll Staunen, indem er ausrief: »Der kann Eier legen! Mache mir das nicht weis! Tun es doch nicht einmal meine Hühner nach der Ordnung, so daß ich ihn schon habe abschlachten lassen wollen, da er noch dazu die Federn läßt und schäbig wie von einer Rauferei daherkommt; aber ich unterließ es, da er wegen seiner Magerkeit keinen guten Bissen verspricht.«

Das Gesicht des Stadthauptmanns verdüsterte sich, und er herrschte den Bürgermeister an: »Verlege dich mir gegenüber nicht aufs Leugnen! Das Mistvieh legt Eier und gehört von Rechtens auf den Scheiterhaufen. Du weißt, daß ich im Christentum unerbittlich bin und meine besten Freunde nicht verschone, wenn ich sie bei Frivolität und Gotteslästerung ertappe. Das Volk muß in Respekt erhalten werden und an den Regierenden ein Beispiel sehen; deshalb trage ich dir auf, dafür zu sorgen, daß der üble Leumund von dir abgewaschen und künftig nichts Ungebührliches mehr von deinem Haus und Hof vernommen wird, da ich zuvor meinen Fuß nicht wieder auf deine Schwelle setzen werde.«

Über dies majestätische Auftreten seines Freundes heftig erschrocken, rief der Bürgermeister: »Erlaubt wenigstens, daß ich Frau Armida rufe!« und riß heftig an einem Klingelzuge, dessen Geläut sich indessen noch kaum erhoben hatte, als die Erwünschte schon in das Zimmer trat. Sie war eine prächtige Frau, die immer in einem burgunderfarbenen Seidenkleide umherging und eine hochaufgetürmte, weitläufige Frisur auf dem Kopfe trug, von deren Spitze ein Kranz von weißen und hellblauen Federn herunternickte. Infolge eines liebenswürdigen Temperamentes erglomm sie zwar leicht zu großer Heftigkeit, besänftigte sich aber auch unversehens, liebte die Geselligkeit und verscheuchte mit viel Geräusch die Langeweile und üble Laune, weswegen sie wohlgelitten und dem Stadthauptmann unentbehrlich war.

»Ihr seid es, Klöterjahn,« rief sie, als sie den erhabenen Mann erblickte, und wollte mit einer angemessenen Begrüßung fortfahren; allein der Bürgermeister schnitt ihr die Rede ab, indem er kläglichen und gereizten Tones ausrief: »Warum meldet man es mir nicht, wenn solche Unrichtigkeiten im Hühnerstall vorfallen? Du bist die Hausfrau und solltest es wissen, wer bei uns die Eier legt! Oder hält man es nicht für nötig, mich von so gröblichen Mißständen in Kenntnis zu setzen?«

»Ereifere dich nicht!« sagte Frau Armida strenge, denn sie mißbilligte es, wenn andere heftig wurden; »wenn du selbst nicht weißt, was du sagst, verstehen es andere noch weniger.« Diese Entgegnung brachte den Bürgermeister vollends auf, so daß er böse rief: »Verstehst du nicht, daß es

Sache der Hühner ist, Eier zu legen, wie die der Weiber, Kinder zu gebären!« und hoffte mit dieser Anzüglichkeit seine Frau zu ärgern, welche ihm keine Kinder geschenkt hatte. Diese jedoch hielt an sich und lud nur durch einen funkelnden Blick den Stadthauptmann ein, ihr unschuldiges Leiden zu bezeugen. »Ich bin ein einfacher Kriegsmann, aber ein guter Christ,« sagte von Klöterjahn, düster ihrem Blicke ausweichend; »bevor ihr diesen Schandfleck nicht von euch abgewaschen habt, kann ich eure Schwelle nicht mehr betreten. Was ich gesagt habe, kann ich nicht zurücknehmen, also muß es dabei bleiben!« Damit stand er eisern entschlossen auf und griff nach der Türklinke. »Klöterjahn!« schrie Frau Armida auf und brauste hinter dem Entweichenden her, willens, ihn mit ihren Armen festzuhalten, konnte ihn aber nicht mehr einholen, der gerade die Gartentür hinter sich zuwarf und mit starken Schritten sich ihrem Klageruf entzog.

Unterdessen bereute es Tile von Stint schon, daß er gegen seine Frau ausgefallen war; denn er war keineswegs bösartig, vielmehr sanft und verträglich, nur hatte er schwache Nerven, konnte Lärm, Streit und Aufregung nicht vertragen und wurde zuweilen hitzig, wenn es in seinem Kopfe durcheinanderzugehen anfing. Er besaß einen mittelmäßigen Verstand, den er von jeher aus Bequemlichkeit nur selten in Betrieb gesetzt hatte, und nun, seit er alterte und meist schläfrig war, wie eine gute Stube mit überzogenen Kanapee und Stühlen vermuffen ließ. Die Ratsgeschäfte liefen mehr oder weniger von selber, und zu Hause bekümmerte er sich nur ein wenig um den Garten und die Hühner, hauptsächlich aber um die Küche, in der er sich gern aufhielt, um an den Töpfen zu schieben und mit der blonden, rosigen und runden Köchin, welche Molli hieß, liebreich umzugehen. Nachdem der Stadthauptmann und seine Frau das Zimmer verlassen hatten, klingelte er sämtliche Dienstleute zusammen und befragte sie wegen des Hahnes. Es war aus ihnen nichts herauszubringen, als daß sie von der Munkelei schon vernommen hatten; übrigens stotterten sie, verdrehten die Augen und kratzten sich hinter den Ohren, was den Bürgermeister so aufregte, daß er sie in großem Unwillen wieder fortschickte, sich in einen Lehnsessel warf und einschlief.

Ganz anders war Frau Armida tätig: sie ließ die vertrautesten Freunde ihres Mannes zu einem Plauderstündchen am häuslich beschickten Tische bitten, nämlich die Ratsherren Lüddeke und Druwel von Druwelstein und den Rechtsgelehrten Engelbert von Würmling, der nur von den vornehmsten Familien als Beistand gewonnen wurde. Es zeigte sich, daß auch diesen Herren das häßliche Gerede bereits zu Ohren gekommen war, daß sie aber aus verschiedenen Gründen gegen den Bürgermeister geschwiegen hatten, der kleine Lüddeke, weil es eine heikle Sache und Tile Stint vielleicht nicht genehm wäre. Druwel, weil es ihm schien, als wäre eine Sache noch nicht ganz wahr, wenn man nicht davon spräche, Würmling dagegen, der italienische Universitäten besucht hatte und sehr aufgeklärt war, weil es ihm nicht wichtig vorgekommen war. »Ich glaube nicht, daß ein Hahn Eier legen kann,« sagte er, »tut er es aber dennoch, so mag er es meinetwegen, ich habe keine Vorurteile. Es ist außergewöhnlich; gut. Es ist unnatürlich; gut. Schadet es mir? nein. Überlassen wir es doch alten Weibern, über Himmel und Hölle, Tugend und Laster zu disputieren.« »Indessen doch,« wandte Druwel schüchtern ein, »da der Herr Stadthauptmann seine Ungnade darüber ausgesprochen hat, möchte die Sache noch von einem anderen Gesichtspunkte aus zu betrachten sein.« Herr Engelbert schloß die Augen, wie wenn er sich davor behüten wolle, den Anblick dummer und schwacher Menschen in sich aufzunehmen, und sagte im Tone der Erschöpfung: »Die Meinung des Herrn Stadthauptmann ist wohl, dem Volke das Maul zu stopfen, vor dessen Unverstand und Aberglauben allerdings manches Ungewöhnliche verborgen bleiben muß.«

Druwel war ein Kriegsmann und hatte sich bei allen Waffentaten der Stadt hervorgetan, und wenn er daherkam mit steifem Knebelbart, blitzenden Augen und sonnenverbrannter Haut, dick und steifbeinig wie ein aufrechter Kanonenlauf, dachte ein jeder, es könne Quakenbrück nicht fehlen, solange es seinen Druwel habe. Nur in moralischen Dingen war er nicht beherzt, weil er wohl Neigung dafür, aber keine Unterscheidung hatte und sich, so gut es gehen wollte, nach irgendeinem ansehnlichen Manne, besonders dem Stadthauptmann von Klöterjahn, richtete. Er hatte immer Angst, daß er sich unversehens wider die Religion oder das Moralische verfehlen könnte, ja schon daß er etwas sähe und hörte, was ihn bei der Beichte in Ungelegenheiten bringen könnte. Der kleine Lüddeke dagegen, ein munteres Männchen, ließ das Christentum auf sich beruhen, wenn er nur das Vorschriftsmäßige absolviert hatte, und freute sich schon des Abends beim Zubettgehen auf die Neuigkeiten, die der folgende Tag bringen könnte. »Gestrenger,« sagte er, sich ungeduldig am Bärtchen zupfend, »da wir nun doch einmal daraufgekommen sind, so führe uns doch in den Garten und zeige uns den Teufelsbraten, und laß ihn womöglich ein Pröbchen seiner Kunst ablegen.« Obwohl Druwel zögerte unter dem Vorwande, es dämmere und man könne doch nichts sehen, öffnete Tile Stint die Tür, um den Herren voranzugehen: da kam Frau Armida durch dieselbe hereingestoben und rief zornig, der Gärtner habe gekündigt, da er in einem solchen Hause nicht bleiben könne, und Molli, die Köchin, ließe das Trüffelgemüse in der Pfanne verbrennen, um nicht Schaden an ihrer Seele zu nehmen. Hätte man doch der Bestie, dem Hahn, der an allem schuld sei, zeitig den Hals umgedreht, wie sie gewollt habe! Nun werde man heute abend vor leeren Schüsseln sitzen müssen, oder sie werde kochen müssen, obwohl sie die Hitze des Herdes nicht vertragen könne. Die ganze Gesellschaft begab sich darauf in die Küche, wo Molli unter Händeringen erzählte, wie sie fünf Eier bereits habe wegwerfen müssen, weil das Dotter in denselben nicht gelb, sondern karminrot gewesen sei und noch dazu das Ei fast ganz ausgefüllt habe, wie sie sich darüber bis ins Herz entsetzt habe und nun die Geschichte glaube, was sie bisher nicht habe tun wollen, wie sie keines von den verhexten Eiern mehr anrühren werde und folglich die Trüffelomelette auch nicht zu Ende bringen könne.

»Molli,« sagte der Bürgermeister sanft, indem er den Arm um ihre Schulter legte, »was die Eier betrifft, so werde ich sie zerklopfen, und wenn es mir gerät, hoffe ich von deiner Liebe und Treue, daß du auch mir beistehst und die Trüffelomelette, die du so geschmackvoll wie kein anderes Mädchen zu backen verstehst, wie auch alle anderen Speisen in gewohnter Weise vollendest.« Darauf teilte er mit ziemlichem Geschick ein Ei, obwohl ihm die Hände zitterten, teils infolge seiner schwachen Nerven, teils weil Druwel ihn durch Ziehen am Rocke von dem Geschäfte abzuhalten versuchte. Als sie ihren Brotherrn so hantieren sah, wurde Molli weich, begann laut zu weinen und erklärte, den Anblick seines Eierzerklopfens nicht länger ertragen zu können; da außerdem die von ihm aufgeschlagenen Eier recht und schlecht wie andere auch waren, nahm sie ihm den Napf weg und schickte sich an, unter einem Stoßgebet die Zurüstung selbst wieder in die Hand zu nehmen.

In dieser Zeit hatte Frau Armida ein großes Beil auf einem Küchentische liegen sehen, bewaffnete sich damit und eilte in den Garten, was das Zeichen zum allgemeinen Aufbruch gab, da die Herren nicht zweifelten, sie wolle dem Hahn zu Leibe, und das Gefühl hatten, als müßten sie eine rasche Tat verhindern. Der kleine Lüddeke lief so schnell er konnte, und Druwel ließ sich so weit hinreißen, daß er sie am Schweif ihres rotseidenen Kleides faßte, um sie aufzuhalten, während der Bürgermeister und Würmling langsamer nachfolgten. Eben hatte die Bürgermeisterin die Tür des Hühnerstalles, der von einem hölzernen Zaun umgeben war, erfaßt, und da sie glaubte, daß ihr Kleid an einer Latte festgehakt wäre, suchte sie es ärgerlich loszureißen, wobei sie sich umdrehte und den Druwel gewahrte, der sie beschwor, den Stall nicht zu betreten, welcher vielleicht ein Bezirk des Teufels sei. »Wer ein gutes Gewissen hat, fürchtet den Teufel nicht,« sagte Frau Armida spitz, riß mit einer scharfen Bewegung ihre Schleppe aus den Händen des Druwel und trat mit stiebendem Schritt unter die Hühner, die erschreckt auseinanderflogen. Dem Hahn gelang es, sich mit Aufopferung einer Schwanzfeder ihrem Griff zu entziehen und, an einer Scheune hinaufflatternd, die den Hintergrund des Stalles bildete, eine offene Luke zu entdecken, in der er sich niederließ.

Tile, Lüddeke und Würmling, die inzwischen näher gekommen waren, versuchten der Frau zu erklären, man dürfe das Tier nicht töten, da es so ausgelegt werden würde, als hätten sie ein verräterisches Zeugnis aus der Welt geschafft; aber sie war Belehrungen nicht leicht zugänglich, wenn ihr

Gemüt in Aufruhr war, und forderte die Herren mit Ungestüm auf, die Bestie herunterzuschießen, wenn anders sie sie nicht für Feiglinge halten sollte. Herr Lüddeke blinzelte mit seinen kleinen Augen bald Frau Armida, bald den Hahn an, der in der viereckigen Luke saß, mit den Flügeln schlug, den Schnabel weit aufreißend krähte und in der einfallenden Dämmerung größer als natürlich aussah. »Er hat eine gellende Stimme und abscheuliche Figur,« sagte er, »und es wäre nicht schade um ihn; allein wenn Herr von Würmling uns rät, daß wir uns nicht mit Übereilungen verdächtig machen, so müssen wir wohl unseren berechtigten Groll und unsere Verwegenheit einstweilen zügeln.«

»Nun denn,« rief Frau Armida, welche dass Zureden und die Gründe der Herren wie Wassertropfen an sich ablaufen ließ, »wenn die Männer kein Herz in der Brust haben, so werde ich dem Federvieh seinen Lohn geben,« raffte ein paar große Feldsteine auf, die inmitten des Stalles einen Futtertrog bildeten, und warf sie weit ausholend nach der Luke. Die Herren sputeten sich, aus dem Bereich der niedersausenden Blöcke zu kommen, woran sie durch das Lachen nicht wenig behindert wurden, in das sie über die Heftigkeit der Dame geraten waren; doch kehrte der gute Tile wieder zurück, um seine Frau darauf aufmerksam zu machen, daß sie leichter sich selbst als den Hahn treffen würde. Da ihr das soeben selbst eingefallen war, verließ sie den Kampfplatz, auf dem das Beil und die Steine wild umherlagen. »Druwel,« sagte sie streng, indem sie vor den Herren stehenblieb, »in manchem Korsett steckt ein Held und in mancher Rüstung eine Memme.« »Das erste«, sagte der Druwel demütig, »wird niemand bestreiten, der Euch kennt; was mich betrifft, so ist mein körperliches System derart beschaffen, daß ich vor geheimen Dingen, als Gespenster, Furien, Miasmen, Seuchen, Visionen, Erdbeben und Gewittern, eine unüberwindliche, innere Zurückhaltung und Grausen verspüre, während ein ganzes Kriegsheer mein Herz nicht um einen einzigen Wirbel schneller schlagen läßt.« »In Eurem Verzeichnis habt Ihr die Weiber vergessen,« bemerkte Frau Armida, »und doch habt Ihr Ursache, auch vor ihnen die Augen niederzuschlagen.« »Von dem Blick einer schönen und edlen Dame überwunden zu werden, dessen braucht sich kein Mann zu schämen,« antwortete Druwel und bot der nunmehr versöhnten Bürgermeisterin den Arm, um sie in den Speisesaal zu führen.

Die charaktervolle Molli hatte nicht wie die übrigen Dienstboten dem Auftritt im Garten zugeschaut, sondern war bei ihren Omeletten, Pasteten und Bäckereien geblieben, so daß eitel Wohlgeschmack und Üppigkeit die Gesellschaft an der Tafel empfing. Frau Armida, die noch stark atmete, eröffnete das Tischgespräch, indem sie ausrief: »Habe ich mich bisher nicht darum gekümmert, so bin ich jetzt dessen sicher, daß der Bösewicht Eier legt, und schlau muß er es anfangen, daß wir ihn nie dabei betroffen haben.« Von Würmling sagte: »Gnädigste haben dem Armen ihre Huld entzogen und halten ihn nun jeder Übeltat fähig: das ist die Art der Frauen.« »Ei freilich,« entgegnete sie rasch, »die Art der Frauen ist es, sich nicht verblenden zu lassen, weder durch ein geschabtes Kinn noch durch einen langen Bart oder bunte Federn, sondern die schlechten Faxen zu durchschauen und damit aufzuräumen.« Als sie bemerkte, daß Herr Lüddeke sie der bedienenden Mädchen wegen durch Zublinzeln und allerhand Zeichen zur Vorsicht zu mahnen suchte, blickte sie sich herausfordernd um und sagte: »Warum soll ich in dieser Sache schweigen, wie wenn ich die Eier gelegt hätte? Wir wollen schon dahinterkommen und einen Stecken dabeistecken, so daß jedermann mit unserer Justiz zufrieden sein muß.« Ja, sagte der Bürgermeister, so sollte es wohl sein, aber die Zeiten wären nicht mehr so, sondern es herrsche Mutwillen und Unbotmäßigkeit im Volke, es gebe freche Leute, die sich ungestraft aufbliesen und den höheren Personen etwas am Zeuge flickten. Der Stadthauptmann habe ihm ernstlich aufgegeben, das Gerede Lügen zu strafen, als lege sein Hahn Eier, wie sollte er das aber anstellen, wenn sein eigenes Eheweib auf die Straße hinausriefe, daß es wahr sei?

Die Erwähnung des Stadthauptmanns stimmte Frau Armida nachdenklich und trübe, so daß sie aus Schwermut und wachsender Besorgnis das Knäuel der Unterhaltung sich entrollen ließ. Indessen wurden Herr Lüddeke und der von Würmling immer lustiger; der letztere nämlich fing an, wenn er eine Flasche guten Weins getrunken hatte, umgänglich zu werden und Witz und Laune spielen zu lassen, wie wenn das edle Feuerzeug ein Holz anzündete, das zuvor stumm und dumm dagelegen hatte, nun aber knisterte, wärmte, leuchtete und Wohlgeruch verbreitete. Sie versuchten auch den Druwel in die Lustbarkeit hineinzuziehen; der aber, nachdem ihn das Essen zuerst ein wenig ermuntert hatte, war wieder in Sorgen verfallen, die ihn so drangsalierten, daß er sich zuweilen den Schweiß von der Stirne trocknen mußte.

»Du weißt, Tile,« sagte er, »daß ich in allen Gefahren zu dir halte und ein mannhafter Kriegsoberst immer gewesen bin, es ist dir aber auch bekannt, daß ich im Christentum heikel bin, und wenn ich einen Eid habe schwören müssen, am liebsten den Mund nicht wieder auftäte, geschweige denn, daß ich dagegen anlöge. Wie soll ich mich denn nun daraus ziehen, wenn ich wegen des Hahnes befragt werde? Wenn ich auf die Folterbank gelegt und mit glühenden Zangen gekniept würde, ließe ich mir bei Gott über dich und das Eierlegen nichts entschlüpfen; wenn sie mich aber mit drei Fingern gen Himmel schwören lassen, so ist mir die Zunge wie vom Schlage gerührt und geht keine Unwahrhaftigkeit mehr darüber.«

Alle blieben betroffen, nur Herr Engelbert lächelte und sagte, indem er seinen schlanken blassen Zeigefinger über den Tisch auf des Druwels Brust zu bewegte: »Habt Ihr denn den Gockel Eier legen sehen?« Der Druwel rollte erstaunt seine Augen hin und her und sagte endlich aufatmend mit großer Erleichterung: »Wenn ich es recht bedenke, so habe ich gar nichts gesehen.« »Nun, so könnt Ihr aussagen, was Euch beliebt, ohne Euer Gewissen zu verstricken,« sagte der Rechtsgelehrte, »und die Wahrheit wird uns so wenig schaden wie Euch die Lüge.« Jetzt brachte der Bürgermeister noch ein Bedenken vor, nämlich, daß es doch etwa besser gewesen wäre, das Tier abzutun, denn wenn es in der Untersuchung peinlich mit Schrauben und Drehen behandelt würde, könnte es durch einen unglücklichen Zufall doch noch Eier legen, wodurch sie dann ohne Verschulden häßlich bloßgestellt sein würden; allein der Druwel winkte heftig mit beiden Armen Schweigen und rief: »Redet mir nicht mehr von dem verfluchten Viehzeug. Laßt mich über die ganze Sache im Dunkeln, daß ich so wenig davon weiß wie von der unbefleckten Empfängnis Mariä! Eure gelehrte Spitzfindigkeit, Herr Engelbert, mögt Ihr vor dem Tribunal entfalten, einem einfachen Kriegsobersten wird dadurch nur der Verstand verwirrt. Schenkt nur ein und füllt mir den Teller, denn vorher hat sich mir jeder Schluck und Bissen in Galle verwandelt.«

So begann der Druwel das Festmahl von neuem, nachdem die übrigen bereits abgespeist hatten, und es ergab sich ein lautes Pokulieren bis in die späte Nacht, wobei die Herren zum voraus ihren Sieg feierten und beredeten, wie sie den alten Zustand wieder einführen, den Zünften einen Denkzettel anhängen und die reformierte Sekte hinausbefördern wollten, am liebsten durch Feuer und Wasser, aber aus Mildherzigkeit und anderen Gründen durch Verbannung, nachdem die Rädelsführer auf dem Markte wacker ausgestäupt wären.

So plauderten die Herren beim Weine, indessen von weitem greuliche Wetterwolken gegen sie dahergefahren kamen. Der Pfarrer Splitterchen war ein unerschrockener und vorwitziger Mann, und da er nun verklagt wurde, die Herrlichkeit des Bürgermeisters gröblich verleumdet zu haben, als ob er ein Zauberer und Heide sei, dermaßen, daß er einen eierlegenden Hahn auf dem Hofe hege, war ihm keinerlei Beschämung oder Kleinmut anzumerken, im Gegenteil, er trat noch dreister auf als sonst und führte eine ganze Sippe seinesgleichen mit sich, die sich gebärdeten, als wollten sie den Fürsten Beelzebub vom Throne stoßen und die betrogene Welt vom Schwefelstanke räuchern. Er war annehmlich von außen, kraushaarig und mager, mit so feurigen Augen, daß es zischte, wenn er sie umherwarf, dazu voll loser Worte, die wohlgezielt geflossen kamen wie ein Wasserguß, womit man kranke Gliedmaßen bearbeitet. Er hatte auch einen rechtsgelehrten Beistand mitgebracht, den er aber nicht an die Rede gelangen ließ und also füglich hätte daheim lassen können, wenn er nicht in seinem breiten schimmeligen Gesichte ein giftgrünes Lächeln versteckt gehabt hätte, das zuweilen anzüglich herausspritzte und die Gegner zu ihrem großen Schaden und zum Vergnügen der anderen Partei besabberte. Außerdem waren eine Reihe von

Zunftvorstehern und einige von der Kaufmannschaft gekommen, welche aus alten Briefen ihr Recht erwiesen, einer solchen Verhandlung beizuwohnen, während die Ratsherren lieber unter sich geblieben wären.

Der Richter, welcher den Vorsitz führte, mit Namen Tiberius Tönepöhl, hielt es im Herzen mit den Reformierten und freute sich, wenn den Katholischen etwas aufgemutzt werden konnte, aber er hatte gleichsam einen Pakt und Blutsbrüderschaft mit der Gerechtigkeit abgeschlossen, wonach sein eigener Trieb so wohl eingepfercht war, daß er nicht einmal die Schnauze durch die Gitterstäbe zu stecken wagte; anstatt dessen war die göttliche Themis bei ihm behaust und weissagte aus seinem Munde heraus, bis auf einige Mußestunden, wo das Behältnis einmal aufgetan wurde und das Herz sich ein wenig tummeln und verschnaufen durfte. Unter den beisitzenden Richtern befanden sich auch ein katholischer und ein evangelischer Pfarrer, da die Sache ebensosehr geistlicher wie weltlicher Natur sei. Tiberius Tönepöhl bot zwar den Übergriffen der Kirche die Stirn, ließ ihr aber andererseits das ihrige zukommen und betonte, wenn Gelegenheit war, daß er als ein Laie von den religiösen Mysterien nichts wisse noch wissen wolle, und jede Konfession ihre Ketzer verbrennen lasse, soviel ihr zustehe, aber nicht ein Titelchen mehr.

Tönepöhl eröffnete die Verhandlung damit, daß er sagte, er tue es nicht ohne Bedauern und Schamgefühl, daß ein hochangesehener Mann, wie der Bürgermeister und beinahe die höchste Person im Gemeinwesen, öffentlich eines solchen Greuels habe geziehen werden können, wie es sei, einen Hahn zu besitzen, der Eier lege. Das wären anrüchige Dinge, die einen auf den Scheiterhaufen bringen könnten, wenn er die geistliche Gerichtsbarkeit recht einschätze, der er übrigens nicht vorgreifen wolle. Was man auch sonst für Grundsätze haben möge, jeder müsse zugeben, sich mit dem Teufel einzulassen, sei das Laster aller Laster, wie der Teufel der Vater aller Sünde sei, und die Verehrung der von Gott angeordneten natürlichen Leibesvorgänge deute auf einen Auswuchs oder Monstruosität des Gewissens, die doppelt abscheulich an einer Regierungsperson sei, die den Untergebenen beispielsweise in fleckenloser Tugend voranleuchten solle. Er hoffe aber, es werde dem Herrn Bürgermeister gelingen, sich von dem peinlichen Verdacht zu säubern, und wenn der Pfarrer Splitterchen etwa jetzt schon fühle, daß er in seinen Behauptungen zu weit gegangen sei, so möge er dieselben sogleich zurücknehmen, was doch besser sei, als hernach wie ein Ehrabschneider dazustehen. Verleumdung sei von Moses in den zehn Geboten gerügt und sicherlich ein Haupt- und Grundlaster, das scharf geahndet werden müsse, und das vorzüglich Geistliche sich nicht sollten zuschulden kommen lassen. Man wisse ja wohl, daß die Besorgnis um das Heil des Gemeinwesens Splitterchen veranlaßt habe, von dem berüchtigten Hahn zu reden; um so mehr könne er ja zugestehen, daß eben diese feurige

Liebe des Guten zu seiner Vaterstadt ihn hingerissen habe, etwas als Tatsache hinzustellen, was eine zunächst nur unsicher begründete Vermutung sei. Es sei freilich tadelnswert, überhaupt nur Anlaß zu einem so gräßlichen Verdacht gegeben zu haben, aber man müsse bedenken, daß einer dem Rechte nach auch des Teufels Buhle sein könne, solange es ihm nicht nachzuweisen sei, und so solle sich niemand aufopfern, indem er auf eine Wahrheit poche, die nicht ans Licht zu bringen sei. Er fordere also pflichtgemäß den Pfarrer auf, seine Unterschiebungen zurückzunehmen und dem Herrn Bürgermeister frei zu gestehen, was zu gestehen sei; da sonst der Augenblick gekommen sei, wo die Gerechtigkeit ihre eisernen Füße aufheben und losmarschieren und ohne Ansehen der Person den Schuldigen zermalmen werde.

Sogleich erhob sich der Pfarrer mit einer Handbewegung gegen seinen Rechtsbeistand, Augustus Zirbeldrüse, des Bedeutens, er möge sich wegen einer solchen Kleinigkeit nicht bemühen, und sagte freimütig, daß er den heidnischen Unfug im Hühnerstalle des Herrn Bürgermeisters bisher nur leichthin angedeutet habe, damit der Herr Bürgermeister einlenken und die Schweinerei zudecken könne und das Gemeinwesen nicht dadurch verseucht werde. Er befasse sich nicht damit, die katholische Kirche anzutasten und die Obrigkeit zu unterwühlen, teils aus natürlicher Friedfertigkeit, und dann auch, um den Herrn Stadthauptmann, dem er wie jedermann treu ergeben sei, nicht zu verstimmen, von dem man wisse, daß er in herzlich vertraulichen Beziehungen zum Herrn Bürgermeister und seiner Familie stehe, so sehr, daß er gewissermaßen mit ihm verschwägert sei. Aus diesen Gründen habe er seine Entrüstung hintangesetzt und zartsinnig geschwiegen, soweit es mit seiner Pflicht vereinbar gewesen sei. Ob er ruhig hätte zusehen sollen, wie diejenigen, die Gottes Gebote in den Staub, ja in den Dreck träten, mächtig am Steuer säßen, während die guten Handwerker und Bürgersleute, die ihre in Zucht und schlichter Frömmigkeit erworbenen Eier verzehrten, das Maul halten und unter jeder Willkür sich ducken müßten? Er habe trotzdem geschwiegen, solange er es vermocht habe; nun aber der Bürgermeister ihn nicht verstehen wolle, sondern trotzig gegen ihn vorrücke, um ihm eine Grube zu graben, der offen und redlich an ihm gehandelt habe, wolle er denn das aufgeklebte Blatt von Pietät und Rücksicht vom Munde reißen und die Wahrheit herauslassen.

Bei den Worten des Pfarrers, die Beziehungen des Stadthauptmanns zum Hause des Bürgermeisters betreffend, lächelte sein Rechtsbeistand Augustus Zirbeldrüse, so daß sein Gesicht einem auseinanderlaufenden Käse ähnlich wurde, und gab ein leises Pfeifen von sich, das die Zuhörer kichern machte und ein erwartungsvolles Schweigen im Saale verbreitete.

Tile Stint, der nicht bemerkt hatte, woher das Pfeifen kam, sah sich erschrocken und ein wenig verlegen um in der Meinung, es sei einem aus

Versehen entwischt und als eine Unschicklichkeit peinlich, und er räusperte sich, um zu antworten und zugleich den kleinen Zwischenfall zuzudecken. Allein von Würmling drehte den Kopf ein wenig nach ihm und sagte, ohne die Augenlider von den Augen zu heben, er sowohl wie der Bürgermeister wären recht neugierig, die Wahrheit kennenzulernen, die nun sollte vorgeführt werden. Dieselbe sei als ein sprödes Frauenzimmer bekannt, die viele Propheten und Potentaten vergebens um sich habe freien lassen, Herr Splitterchen dürfe also billig stolz sein, daß er es einer so wählerischen Person angetan habe. Freilich sei er ein verdienstlicher Mann in den besten Jahren und brauche sich als ein Reformierter auch um das Zölibat nicht zu kümmern.

»Zunächst«, antwortete der Pfarrer keck, »sollen einmal die Kränzeljungfern und Brautführer antreten, zum Schlusse werde ich dann die Braut zum Altare führen.«

Da begannen denn die Zeugen hervorzuströmen; es war, wie wenn die Schleuse eines starken Stromes aufgemacht wird. Zuerst kam die Köchin Molli, welche das Sacktuch an die Augen drückte und vor Schluchzen nicht reden konnte, worauf Tiberius Tönepöhl sie einige Minute weinen ließ, sodann sie gelinde tröstete, dann sachte zu fragen anhub, wie sie heiße, wie lange sie beim Herrn Bürgermeister im Dienst sei, und ob sie mit seinem Hahn jemals etwas zu schaffen gehabt habe. Bei Erwähnung des Hahnes fing die Molli, welche sich eben ein wenig erholt hatte, von neuem zu weinen an und sagte nach erneuerter Tröstung, daß sie die Bestie einige Male habe abstechen wollen, daß aber der Herr Bürgermeister solches verhindert habe, weil er zäh und nicht schmackhaft sein würde. Hier wurde das Verhör durch Augustus Zirbeldrüse unterbrochen, der sich aufnotierte, daß der Hahn, weil zäh, vermutlich sehr alt sei, und die Molli fragte, wie lange er sich schon im Hause des Bürgermeisters befinde.

Auf die Frage des Vorsitzenden, warum sie die Bestie habe abstechen wollen, besann sie sich eine Weile und sagte, daß es so Sitte sei, von Zeit zu Zeit das Federvieh abzuschlachten, bevor es zu alt sei, da sie ja auch dazu da wären und immer junge nachwüchsen; wurde aber ermahnt, sich an die Wahrheit zu halten und auch ihres Eides erinnert, da sie unzweifelhaft ein tieferliegender Grund zu der sonst nicht gewöhnlich an ihr scheinenden Mordlust bewogen haben müsse. Dies Zureden beängstigte die Köchin, und sie gab errötend zu, daß sie in der Tat dem Hahne gram gewesen sei, da er eine häßlich kreischende Stimme habe, von der sie oft vor Tage geweckt sei. Wegen der Eier sagte sie aus, daß zwar letzthin mehrere Eier durch eine sonderlich rote Farbe und Ausdehnung des Dotters ihr Bedenken gemacht hätten, daß sie aber den Hahn niemals beim Eierlegen betroffen habe, und daß sich etliche Hühner im Hühnerhofe befänden, denen die vorkommenden Eier ihrer Zahl und Beschaffenheit nach wohl zugeschrieben werden könnten.

Der Vorsitzende ging nun dazu über, die Molli zu fragen, ob im Hause des Bürgermeisters viel Eier verbraucht, und ob sie im Familienkreise oder mit Gästen genossen würden, und als sie das letztere bejahte, wer die Gäste wären und wie sie sich aufführten. Hierüber wurde Molli zornig und sagte, daß zu den Gästen der Herr Stadthauptmann und der Herr Druwel von Druwelstein gehörten, und daß diese von niemandem Lehren über ihr Betragen anzunehmen brauchten, und daß sie, obwohl sie nur eine Köchin sei, Bildung genug besitze, um zu wissen, daß es ungehörig sei, solche Fragen stellen, auf welche sie nicht antworten würde. Tönepöhl, welcher infolge seiner Gerechtigkeit sich niemals ereiferte, sagte: »Liebes Kind, mir mußt du Rede stehen, als ob ich dein Beichtvater wäre, sollte ich dich auch noch unziemlichere Dinge fragen, als diese waren,« worauf Augustus Zirbeldrüse mit quiekender Stimme einfiel, ihm stehe das Recht zu fragen nicht minder zu, und er wolle denn auch gleich wissen, wie lange die Gesellschaft gemeinhin bei Tafel gesessen habe, auf welche Weise Molli die Speisen, insbesondere die Eierspeisen zubereitet, und ob die Frau Bürgermeisterin dabei geholfen habe. Die eingeschüchterte Molli erzählte, wie einmal der Herr Bürgermeister mit eigenen Händen die Eier zerklopft habe, überhaupt zuweilen in die Küche gekommen sei und ihr zugesehen habe. Bei diesen Worten hob Zirbeldrüse seinen dicken Kopf ein wenig aus den Schultern und machte Kikeriki, was er halb krähend, halb flötend überaus scherzhaft zuwegebrachte, um so mehr, als er sein Gesicht dabei kaum bewegte und es schien, als ob der Hahnenkraht wie ein Lebewesen eigenwillig aus seinem Munde stiege. Nachdem der Pfarrer noch gefragt hatte, ob der Herr Bürgermeister das Tischgebet spräche, und ob in seinen Gemächern Heiligenbilder ständen oder hingen, wurde Molli entlassen, von den wohlwollenden Blicken Tönepöhls und Zirbeldrüses begleitet.

Tile Stints übrige Diener sagten aus, daß sie freilich den Hahn nicht hätten Eier legen sehen, daß er aber etwas Widriges an sich habe und sie ihm wohl allerlei Unrichtiges zutrauten; ferner, wie oft der Stadthauptmann zu Besuch gekommen sei, wie oft der Herr und die Frau Bürgermeister zur Kirche gegangen seien, daß sie keine Kinder hätten und woran dies etwa liegen könne, was für Aufwand sie trieben, wieviel Röcke, Unterröcke, Pelze und Hauben die Bürgermeisterin hätte, daß sie alle ihre Bezahlung reichlich und pünktlich erhielten und auch sonst, was ins Haus käme, auf den Heller bezahlt würde.

Danach kamen die Freunde des Hauses, zuerst der Druwel, der sich vorher mit einem Becher starken Weines Mut getrunken hatte und deshalb mit gläsernen Augen und blauroten Backen daherkam, so daß ein mißfälliges Murmeln durch die Reihe der Zunftvorsteher lief. Er hatte indessen doch zu wenig getrunken und es wollte ihm mit dem Schwören durchaus nicht glücken; der Schweiß trat ihm tropfenweise auf die Schläfen, und er mußte um einen Stuhl bitten, wobei er sein Alter, die Gicht und die ausgestandenen Feldzüge vorschützte. Wegen des Hahnes wollte er sich von vornherein entschuldigen, daß er durchaus nichts davon wisse und verstehe, überhaupt ein einfacher Kriegsmann sei; allein der Vorsitzende erklärte ihm lächelnd, daß er nur auf jede einzelne Frage der Wahrheit gemäß antworten müsse, und da wurde er denn freilich ärger bedrängt, als er sich hatte träumen lassen. Bald hatte er zugegeben, daß Frau Armida den Hahn habe umbringen wollen, daß sie durch unüberwindliche Abneigung dazu angetrieben worden sei, und daß der Bürgermeister sie daran verhindert habe. Vollends aber machte es jedermann stutzig, daß es der Frau Armida trotz ihres festen Willens nicht gelungen war, den Hahn zu töten, was nach der Aussage mehrerer Sachverständiger, die sogleich herbeigerufen wurden, kein schweres Geschäft sei, sondern durch Halsumdrehen von jedem Kinde könne bewirkt werden. Bei dieser Gelegenheit erhob sich Zirbeldrüse und verlangte, daß die Köchin Molli noch einmal vorgeladen werde, damit man erführe, ob es bei Bürgermeisters üblich gewesen sei, das Geflügel durch Steinewerfen zu töten, widrigenfalls es sehr auffallend und belastend sei, daß Frau Armida sich zu einer so mühsamen und umständlichen Beförderungsart entschlossen habe.

Tönepöhl, der Vorsitzende, war mit dieser Wendung unzufrieden, weil er bemerkt hatte, daß Zirbeldrüse auf Molli eine ebenso große Zuneigung geworfen hatte wie er selbst, und zum Anwachsen eines solchen Gefühls keine Gelegenheit bieten wollte, zumal er auch fand, daß zu dergleichen verliebten Einfädelungen das Gericht in seiner Würde der Ort nicht sei, und lehnte daher ab mit der Begründung, ein jeder habe sich aus den Tatsachen, die Druwel von Druwelstein beigebracht habe, genugsam seine Meinung bilden können; denn wenn die Frau Bürgermeister häufiger Hühner durch Steinwürfe getötet habe, beziehungsweise habe töten wollen, so würde es ihr entweder bei dem Hahne besser gelungen sein, oder sie würde es wegen der Ergebnislosigkeit für den gemeinen Gebrauch längst aufgegeben haben. Während sich alle über den Scharfsinn des Tönepöhl wunderten und freuten, ärgerte sich Zirbeldrüse dermaßen, daß er grün anlief, und es bildete sich verdeckterweise eine grimmige Feindschaft zwischen beiden, die sich nun als Nebenbuhler erkannten.

Der Druwel wurde noch mehrere Stunden lang ausgefragt, erstens über das Verhältnis des Stadthauptmanns zum Bürgermeister, über des letzteren kirchliche Gewohnheiten, ob er die Fasten halte, ob er zuweilen Ablaß kaufe, dann aber auch über seinen eigenen Lebenswandel, wieviel Wein er im Keller habe, ob er schon einmal Lotto oder Würfel gespielt habe und dergleichen mehr, so daß er, zu Hause angekommen, sich auf der Stelle zu Bette legte und nicht mehr zum Aufstehen zu bewegen war.

Nachdem alle Freunde des Bürgermeisters sowie alle Händler, die ihm Waren lieferten, und alle Ratsangestellten vernommen waren, kamen zum Schlusse noch ein Nachtwächter, welcher den Hahn des öfteren zur unrichtigen Zeit, nämlich um Mitternacht statt um drei Uhr, hatte krähen hören, und ein Dieb, welcher vor etwa einem Jahre in einem dem Bürgermeister benachbarten Hause hatte einbrechen wollen und jetzt seine Strafe im Gefängnis verbüßte. Dieser sagte aus, daß in jener Nacht alle Fenster im Hause des Bürgermeisters erleuchtet gewesen wären und ein großer Schall von Bankettieren in den Garten und auf die Straße gedrungen wäre, daß es einen recht gotteslästerlichen Eindruck auf ihn gemacht habe und er in Zweifel gefallen sei, ob er sein Vorhaben ausführen solle, da doch nebenan so viele Menschen wach wären. Er wäre aber doch dabei verblieben, weil er sich gesagt hätte, daß in einem solchen Taumel und Hexensabbat keiner auf sein gelindes Wesen merken würde, wie es denn auch wirklich geschehen sei, so daß alles gut herausgekommen wäre, wenn nicht im Hause, wo er es vorhatte, die Leute durch ein schreiendes Kind auf ihn aufmerksam geworden wären.

Hiermit, sagte der Vorsitzende, könne man wohl das Zeugenverhör schließen. Es hätten sich zwar noch an hundert gemeldet, die merkwürdige Dinge über den Bürgermeister und ihn Betreffendes vorzubringen versprächen, er glaube aber, es sei nun übergenug Stoff gesammelt, daraus man sich ein Urteil bilden könne, und er wolle es dabei bewenden lassen damit der Prozeß doch einmal zu Ende käme und auch übrigens wieder Gerechtigkeit gepflegt werden könne. Etwa käme es noch in Frage, ob man den Stadthauptmann vorladen solle, was er als ein tapferer und gerechtigkeitsliebender Mann ohne weiteres tun würde, wenn dadurch mehr Licht in eine vorhandene Dunkelheit gebracht würde. Er seinerseits sähe aber hell genug, womit er indessen den anderen Richtern oder dem Kläger und Beklagten nicht vorgreifen wolle. Da niemand in betreff des Stadthauptmanns etwas wünschte, wollte oder meinte, erteilte am folgenden Tage der Vorsitzende dem von Würmling das Wort, damit er die Klage seines Klienten noch einmal kurz und faßlich begründe.

Herr Engelbert, der während der Zeugenvernehmung meist das blasse spitzbärtige Gesicht in die schlanke Hand gestützt dagesessen hatte, als ob er schliefe oder an etwas anderes dächte, öffnete die Augen ein wenig und setzte auseinander, daß der Pfarrer überhaupt höchst unbefugterweise auf der Kanzel etwas gegen den Herrn Bürgermeister vorgebracht hätte, da den Reformierten das Predigen nur unter der Bedingung gestattet wäre, daß sie sich in allen Stücken ruhig und gehorsam verhielten und weder durch Tat noch durch Wort sich gegen eine hohe Obrigkeit aufsässig zeigten, welches zu beweisen er mehrere Erlasse aus vergangener Zeit vorlas. Auch gab er einen schönen Abriß der Verfassung und der Rechte von Bürgermeister und Ratsherren, welche die Untertanen zu nichts anderem als zu schuldigem Gehorsam verpflichteten, der durch den Pfarrer gröblich verletzt war, und gab verschiedene Beispiele, wie in vergangener Zeit vorwitzige Gesellen wegen loser Worte enthauptet oder geviertelt wären, welches zu beweisen er wiederum einige Abschnitte aus den Büchern der Stadt vorlas. Da es nun den Untertanen und den reformierten Pfarrern insbesondere verboten sei, der Obrigkeit etwas Schmähliches vorzuhalten oder nachzusagen, selbst wenn es wahr wär, so sei es über allen Ausdruck verbrecherisch und gemeingefährlich, wenn dasselbe erfunden und erlogen sei; und das sei eben hier der Fall. Der Bürgermeister sei über sechzig Jahre alt und in Ehren ergraut, habe öfter kommuniziert und gebeichtet, sich niemals gegen die Kirchenzucht verfehlt und wanke dem Grabe zu, so daß es jeden rühren müsse, und es sei von vornherein widersinnig, einen solchen Mann mit verdächtigem Teufelswerk in Verbindung zu bringen. Die Hauptsache sei aber dies, daß das Eierlegen des Gockels nimmermehr als bewiesen zu erachten sei, da er weder von irgend jemand dabei betroffen sei noch auch vor versammeltem Gerichtshof eine Probe seiner Unnatur abgelegt habe.

»Ei,« rief der Pfarrer aufspringend, »da möchte wohl jeder Kirchenschänder und Muttermörder frei ausgehen, wenn die Richter an seine Übeltat nicht glaubten, bis er sie in ihrer Versammlung als ein Schauspiel vorgestellt hätte! Ist die Natur dieses Basilisken nicht genugsam durch die hundertfachen Aussagen so vieler argloser Menschen dargetan? Hat nicht eine unverdorbene Jungfrau, die Köchin Molli, aus deren tränenden Augen abzulesen war, wie ungern sie wider ihren Brotherrn zeugte, ihren unüberwindlichen Abscheu vor der heillosen Bestie gestanden? Haben nicht alle, die mit ihm in Berührung kamen, wes Alters, Standes und Geschlechtes sie waren, dasselbe unerklärliche Gefühl des Grauens, gleichsam einen inneren Warner, im Herzen gespürt? Hat nicht die Bürgermeisterin selbst die Höllenausgeburt mit feindlichen Gefühlen verfolgt, die sich bis zu einer der weiblichen Natur sonst fremden Mordlust vergifteten? Selbst wenn der satanische Vogel niemals mit Erlaubnis zu sagen Eier gelegt hätte, muß es doch jedem klar geworden sein, daß er dies und noch viel anderes vermöchte, seiner Abkunft und Konnexion, die ich nicht näher bezeichnen will, gemäß.«

An dieser Stelle brüllte Augustus Zirbeldrüse so laut, daß ein allgemeines Lachen und Beifallklatschen entstand und der Redner erst nach einigen Minuten fortfahren konnte.

»O, schweigen wir«, rief er mit edler Betonung, »von diesen unnennbaren, unkeuschen und unflätigen Dingen, da wir den Unschuldschnee der Volksseele schon allzusehr mit Schlamm durchmistet haben! Wie ungern habe ich meine Stimme in dieser Sache erhoben! Wie leicht und lieblich ist es, die Nase wegzuwenden, wenn wo Gestank ist. Uns Prediger aber hat Gott berufen, die Gemeinde vor Übel zu bewahren, und uns mit einem wundersamen Harnisch gerüstet, daß wir den Mächtigen der Erde furchtlos als Angreifer und Entlarver entgegentreten. Liebe Freunde, ich weiß, daß die Besten unter euch schon lange mit Murren zugesehen haben, wie das Volkswohl, unbeachtet am Karren der Regierung hängend, durch den Kot geschleift wird. Wir haben tüchtige Männer genug, die zugreifen und die Ordnung herstellen könnten, die löblichen Meister der Gilden, die Herren Bäcker, Kürschner, Kupferschmiede und Gewürzkrämer, mit Herzen und Händen, die in Entsagung und ehrlicher Arbeit geläutert sind, das Steuer zu drehen; aber sie scheuen den Aufruhr und warten, bis das Maß voll ist. Liebe Freunde, wir haben gehört, was für Aufwand im Hause des Bürgermeisters getrieben wird. Wir wissen, wie überflüssig mittags sowohl wie abends seine Tafel besetzt ist. Von dem übermäßigen Eierverbrauch will ich nicht reden; aber führen wir uns noch einmal alle die Speisen vor, die das zahlreich zusammengetriebene Gesinde, im sauren Frondienst schwitzend, von früh bis spät herstellen mußte: da folgen sich die mit Wein und Nelken gewürzte Suppe, die Pastete voll Trüffeln, die schwer mit Äpfeln und Rosinen gespickte Mastgans, der üppige Kapaun, der zartblätterige Salat, das Mandelgebäck und die aus Pistazien, Mandeln und anderen fremden Zutaten wie Mosaik gemusterte Magenmorselle. Und alle diese Leckerbissen sind bezahlt! Bezahlt sind die Muskateller und Malvasier, das böhmische Glas und der russische Hermelin! Wovon? Das würde ein Rätsel bleiben, wenn die Lösung nicht in einer anderen häßlichen Frage läge: Warum wächst der nördliche Turm der Hundertjungfrauenkirche nicht, zu dessen Vollendung seit Jahren unter der Bürgerschaft gesammelt wird? Da prahlt wohl ein Baumeister mit seinen Plänen, da steigen Maurer an den Leitern auf und nieder, da ist seit Jahren das Hauptportal mit Gerüsten verstellt; aber an dem Turme ändert sich nichts, als daß ein Jahr ums andere ein neues Kränzlein von Steinen auf die alten kommt. Laßt mich nebenbei bemerken, daß die Hundertjungfrauenkirche, wie schon in ihrem abgöttischen Namen liegt, der katholischen Konfession vorbehalten ist, wir also einen selbstischen Zweck an ihrer Vollendung nicht haben können und uns nur aus unparteilicher Gerechtigkeitsliebe um eine diesbezügliche Verwahrlosung und Unterschleif bekümmern. Diejenigen, die mich des Parteihasses bezichtigen und wohl selbst dessen voll sind, werden überzeugt sein, ich lachte in mir hämisch und schadenfroh, wenn ich die Münstertürme der Papisten wie vom Blitz geköpft oder wie im Frost verkohlte Strünke dem Untergang anheimfallen sehe. Nein, meine Lieben, wo immer ich Mißstände und Treulosigkeit erblicke, unter denen das Gemeinwesen leidet, rühre ich mich, dem Arzte vergleichbar, der, wenn es an seinem Glöckchen läutet, sei es auch um Mitternacht und zur Winterszeit, aus dem lauschigen Federbett springt und über die dunklen Straßen durch Tümpel und Pfützen der Pflicht nacheilt, die mit bescheidenem Lämpchen voranleuchtet an das Wochenbett, an das Sterbelager, manchmal auch zu Besessenen, die sich, unter dem Zwang ihres teuflischen Schmarotzers, gegen den, der es gut mit ihnen meint und das Übel austreiben will, mit Beißen und Kratzen zur Wehr setzen …«

Weiter konnte der Pfarrer nicht reden; denn das Jauchzen und Lebehochrufen der Gildenmeister und anderen Zuhörer verursachte ein solches Geräusch, daß seine tapfere Stimme nicht mehr hindurchzudringen vermochte. Als er sich wieder vernehmlich machen konnte, wiederholte er den letzten Satz und fügte noch mehrere voll rühmlicher Gesinnung hinzu, worauf er mit den Worten schloß: aus allem diesem erhellte wohl für jeden, daß der Hahn des Bürgermeisters wider göttliche Ordnung Eier lege, was er oben behauptet habe, zu welcher Behauptung er, da sie gewissermaßen wahr sei, nicht nur berechtigt, sondern sogar verpflichtet gewesen sei, und wodurch er sich um den Bürgermeister, für den es vielleicht noch Zeit sei, seine Seele zu retten, verdient gemacht zu haben glaube.

Der Pfarrer hatte noch nicht ausgesprochen, als er von allen Seiten unter Händeklatschen beglückwünscht wurde, da niemand mehr an seinem Siege zweifelte. Eben forderte der Vorsitzende die anderen Richter auf, sich mit ihm zur Findung des Urteils zurückzuziehen, was sie, wie er bedeutsam fallen ließ, nun nicht mehr viel Zeit kosten würde, als etwas Unerwartetes eintrat, das dem Verlaufe der Sache eine andere Wendung gab.

Unter dem erweichenden Einfluß der sehnenden Liebe nämlich schien es dem Stadthauptmann bald, als sei er allzu grausam gegen Frau Armida gewesen; da er aber doch an seinem Worte, dem eine gewisse Heiligkeit innewohnte, unerschütterlich festhalten mußte, ergrimmte er gegen den Pfarrer, der das ganze unnütze Lärmen verursacht hatte. Wie sich im Laufe des Prozesses merken ließ, daß der Bürgermeister mit seiner Anklage abprallte, dagegen selbst und vielleicht auch Frau Armida in eine gefährliche Malefizsache geriet, wurde sein Zorn unbändig, und er schalt insgeheim auf seine eigene Langmut, mit der er den Aufruhrgeist im Volke sich hatte ausbreiten lassen, anstatt es von vornherein mit scharfen Mitteln zu Bescheidenheit und Gehorsam anzuhalten. Da er ohnehin mit dem Bischofe von Osnabrück, einem ausnehmend feinen Manne, Geschäfte abzumachen hatte, reiste er zu ihm und stellte ihm die Angelegenheit vor, ließ auch einfließen, wieviel ihm daran läge, wenn der Bürgermeister aus der Falle gezogen würde, dem reformierten Pfarrer und seinem Anhang aber eine merkliche Belehrung für die Zukunft erteilt würde. Aus diesem Grunde geschah es, daß der Bischof mit einem Male in den Gerichtssaal zu Quakenbrück trat und begehrte vernommen zu werden, da er etwas Wichtiges in der Sache des Herrn Bürgermeisters auszusagen habe.

Die plötzliche Erscheinung des Kirchenfürsten wirkte so erbaulich, daß einige auf die Knie fielen, die anderen wenigstens sich tief und eilfertig verbeugten; einzig Pfarrer Splitterchen blieb aufrecht stehen, und der von Würmling verneigte sich nur mit den Augenlidern. Auf Grund seiner Vorurteilslosigkeit und Gerechtigkeitsliebe zögerte Tönepöhl nicht, den Bischof in höflichen Worten zum Sprechen aufzufordern, ja sogar ihm im voraus für sein Kommen zu danken, falls er etwas Förderliches in diesem schwierigen Handel beizubringen habe. Nachdem sich der Bischof, der ein beleibter Mann war, mehrere Male nach rechts und links umgesehen hatte, wurde ihm ein Sessel herbeigerollt, in den er sich mit Anmut niedersetzte, und von dem aus er nun behaglich um sich blickte und dem und jenem zulächelte, der ihm bekannt vorkam. Unterweilen zog er eine funkelnde Schnupftabakdose hervor und sagte lächelnd: »Euer Pflaster ist holperig, ich habe meinen Wagen am Tore stehenlassen und mich in einer Sänfte hertragen lassen; so bin ich zwar anständig hereingekommen, aber die guten Leute, die mich trugen, ließen die Zunge zum Verdampfen aus dem Munde hängen, denn sie mußten springen, damit ich zu rechter Zeit käme, und dazu zeigt der Kalender noch den Hundsstern an.« Nachdem er sich noch einige Male nach rechts und links umgesehen hatte, brachte man ihm auf einem Brett eine Flasche Wein nebst einem Glase, das man auf ein Tischchen neben ihm stellte, so daß er nun bequem und vergnüglich eingerichtet war. »Es trifft sich gut,« sagte er, indem er das Glas in die Hand nahm, »daß heute kein Fastentag ist, sonst würde ich mir diesen Labetrunk versagen,« und ging dann allmählich zu der schwebenden Sache über, indem er folgendes erzählte: Er sei vor einem Jahre, um einen Ablaß für den Turmbau zu verkünden, in Quakenbrück gewesen und habe bei der Gelegenheit Haus und Hof des Bürgermeisters samt allen Bewohnern, Mensch und Vieh, geweiht, und dieser Segen habe auch den fraglichen Hahn getroffen, welcher dadurch entweder des teuflischen Charakters ledig geworden sei oder niemals dergleichen an sich gehabt habe, da er sonst der Weihespende ausgewichen sein würde, wie es böser Geister Sitte oder Unsitte sei.

Tönepöhl unterdrückte eine leichte Verlegenheit und sagte, er wisse als Laie in weltlichen Dingen besser als in kirchlichen Bescheid, allein er achte auch die letzteren und sei fern davon, etwas in der Kirche zu Recht Bestehendes antasten zu wollen. Hochwürden möge ausdrücklich feststellen, ob wirklich der fragliche, des Eierlegens bezichtigte Hahn und nicht ein anderer sich unter dem Geflügel befunden habe, dem der Bischof die Weihe gütigst habe angedeihen lassen. Ein Hahn sei dabeigewesen, sagte der Bischof leutselig, ein hübsches Tier von stattlichem Betragen, der ihm wegen seines übermäßig geschwollenen Kammes aufgefallen sei; er habe damals diesen Kamm mit der päpstlichen Tiara verglichen und den Hahn scherzweise Seine Heiligkeit genannt, wessen sich namentlich die Frau Bürgermeisterin gewiß noch entsinnen würde.

Daß der Bischof mit so gewaltigen Dingen tändelte, machte auf Tönepöhl, der ein Freigeist war, sich dessen aber doch nicht getraut hätte, einen bedeutenden Eindruck, so daß er begann, den Bischof als seinesgleichen zu bewundern. Er lächelte ein wenig und sagte, daß man die Frau Bürgermeisterin gern hören würde, wenn es ihr belieben sollte, der Darstellung des Bischofs ihre Glossen hinzuzufügen. Als dann die Dame in ihrem burgunderroten Kleide wie ein Windessausen dahergefahren kam, winkte er nach einem zweiten Sessel, da der Bischof Miene machte aufzustehen und ihr den seinigen anzubieten, wobei er sich aber etwas langsam und schwerfällig bewegte.

Frau Armida dankte kurz mit Kopfnicken und sagte, daß der Hahn, der die Weihe des Bischofs empfangen habe, derselbe sei, welcher jetzt von Lästerzungen schmählich besudelt werde, leide keinen Zweifel; denn sie besäßen ihn seit zwei Jahren und hätten inzwischen keinen anderen gehabt. Es würde dann wohl das beste sein, den Hahn selbst herbeizuholen, damit der Bischof ihn anerkennte und auch die Richter ihn in Augenschein nähmen, ob etwas Verdächtiges an ihm zu vermerken sei.

»Es soll mich freuen, das gute Tier wiederzusehen,« sagte der Bischof liebenswürdig. »Und wie wäre es,« meinte er, »wenn man, um ihn zutraulich zu machen und des Vergleiches wegen, ein paar Hühner vom Hofe des Herrn Splitterchen dazu lüde? Es wäre merkwürdig zu sehen, wie diese, die zweifelsohne natur- und ordnungsgemäße Hühner sind, sich mit dem übelbeleumdeten Hahn vertragen, ob sie etwas Anrüchiges an ihm wittern, oder ihn als einen tauglichen Hahn und Herrn zulassen.«

Splitterchen erwiderte mit beißender Freundlichkeit, er wolle mit seinen Hühnern nicht zurückhalten, halte aber dafür, daß es ein schlechtes Appellieren sei von menschlicher Vernunft zu tierischer.

»Nun,« entgegnen der Bischof, »es wird ja nichts anderes von ihnen verlangt, als daß sie den Bösen wittern, wozu man, meine ich, weder des Verstandes noch der Vernunft bedarf, sondern des einfältigen Instinktes, womit die Tiere vorzüglich behaftet sind.«

Nachdem noch einige Reden dieser Art zwischen den Parteien gewechselt waren, entschied Tönepöhl, daß der beschuldigte Hahn den Splitterchenschen Hühnern sollte konfrontiert oder gegenübergestellt werden, jedoch erst am folgenden Tage, da die Mittagsstunde sogar schon vorüber war und anzunehmen stand, daß alle, besonders aber der Bischof, der unaufhaltsam gereist war, einer Erfrischung bedürftig wären.

Inzwischen hatte Molli gekocht und gebraten, damit dem Bischof eine ziemliche Bewirtung vorgesetzt würde. Während des Mahles wurde dem hochwürdigen Manne ein Brief des Herrn von Klöterjahn überbracht, der sehr vertraulicher Natur war, und nach dessen Lesung er sagte, daß der Stadthauptmann bald wieder mit Freuden in diesem Hause verweilen würde, wie denn jetzt schon sein gerechter Unwille sich ein wenig verkühlt hätte und er dem Bürgermeister seine volle Liebe und Gnade wieder zuwenden würde, wenn derselbe sein Christentum sauber gereinigt vor aller Augen könnte glänzen lassen. Nachdem der Bischof sich über den schönen Glaubenseifer des Stadthauptmanns, über den unbotmäßigen Geist der Untertanen und der Reformierten insbesondere und die Notwendigkeit, solchen zu dämpfen, unwiderleglich geäußert hatte, ging er zu den auserlesenen Speisen über, die wie die Sterne am Himmelsgewölbe nach einer weisen und festen Anordnung die Tafel umliefen, erkundigte sich nach der Herstellung der einen oder anderen bei der Hausfrau und sprach den Wunsch aus, der verdienstvollen Molli seine Zufriedenheit selbst in der Küche auszudrücken.

Da man sich am Schlusse der Traktierung dorthin begab, stand das Gesinde am Wege aufgereiht und begehrte den Segen des Bischofs, dessen Herablassung bekannt war; dazu war er fett und schön, mit sicheren blauen Augen und einer erhabenen Nase und einer Umgangsweise, als ob er gewohnt wäre, von einem Thron herunter mit den Leuten zu reden. Molli empfing den hohen Gast in der Küche mit Kniebeugung und Handkuß, worauf sie von ihm auf die Stirn geküßt und sowohl wegen ihres Kochens belobt wurde, als auch weil sie sich bei dem Verhör als ein tapferes, kluges und ihrer Herrschaft ergebenes Mädchen erwiesen habe. Molli lächelte verschämt und sagte, sie gehöre freilich nicht zu denen, die eine gute Herrschaft im Unglück verließen. Zuerst sei sie wohl über die unanständigen Dinge erschrocken gewesen, die man von dem Herrn Bürgermeister gemunkelt habe, und als ihr dann noch die karminroten Eidotter in die Hände geraten seien, habe sie den Kopf verloren, nachher aber sich desto besser gefaßt und sich vorgesetzt, zu ihrem Herrn zu halten, der doch einmal die Obrigkeit sei und bei der guten katholischen Religion bleibe. Die Herren vom Gericht hätten sich zwar recht darangehalten, um sie auf ihre Seite zu ziehen, sie hätte gestern noch von Herrn Tiberius Tönepöhl sowie auch von Herrn Augustus Zirbeldrüse je ein hübsch gemaltes Schreiben erhalten, worin sie artig um das Vergnügen gebeten hätten, sie als Köchin in ihr Haus einführen zu dürfen, wenn der Herr Bürgermeister, wie es doch nun wohl nicht anders sein könnte, von Amt und Würden hinunter in Schande und vielleicht gar Lebensverlust stürzte; aber sie hätte nicht darauf geantwortet, da sie erst hätte erwarten wollen, ob der Herr Bürgermeister wirklich so übel daran sei, und dann auch aus den Blicken der beiden Herren den Argwohn gezogen hätte, daß es ihnen nur darum zu tun wäre, die Ehre einer unschuldigen Jungfrau zu Falle zu bringen. Diese letzten Worte gingen in ein zartfühlendes Schluchzen über, das nur durch liebreiches Zureden des Bürgermeisters und des Bischofs sowie durch eine Geldspende von beiden endlich gestillt werden konnte.

Gegen Abend meldete sich Tiberius Tönepöhl zu einer Rücksprache bei dem Bürgermeister und trug vor, daß es ihm ungeziemend vorkomme, wenn das Geflügel im Saale des Rathauses vorgestellt würde, der dadurch wie ein Stall mit Geschrei und Unrat erfüllt werden würde. Man könnte den Garten des Bürgermeisters dazu verwenden, um diesem gefällig zu sein; allein darin könnte Pfarrer Splitterchen eine Benachteiligung erblicken, was er auch nicht scheinweise auf sich laden möchte; sein Vorschlag gehe deshalb dahin, daß die Sitzung vor dem Lindentore auf dem Anger abgehalten werde, wo nach altem Gebrauch die städtischen Truppen eingeübt und auch Märkte und Feste veranstaltet wurden. Wegen des Imbiß, zu dem Tile Stint den Richter einlud, entschuldigte sich Tönepöhl, da er in seinem Amte sich der weichen Regung, die ein trauliches Verkehren bei Tische anfache, nicht unterstehen dürfe, vielmehr beständig das Bild des Rechtes vor Augen haben müsse, gleichsam als den Nabel, auf den die indischen Mönche ihr unentwegtes Augenmerk richteten, um zur Gefühllosigkeit zu erstarren.

Am folgenden Morgen strömten Fußgänger, Wagen und Karren aus dem Tore nach dem Stadtanger, der auf allen vier Seiten von alten, nun blühenden Linden umrandet war. Wie ein Sternenkörper in einer Lichtregion schwebt, die er von sich ausstrahlt, so schwamm der Anger in einem Lindenduftgewoge, als ob ein elysisches Seligenland aus der harten Erdenkruste hervorblühte oder daran vorüberwehte. Wer der Zauberinsel nahekam, spürte eine reizende Betäubung und wurde mitten in ein magisches Wohlgeruchsreich hineingezogen, wo es eitel Scherz und Liebe und Wonnedasein gab. Einzig Pfarrer Splitterchen und sein Rechtsbeistand Zirbeldrüse gingen, wie wenn ihre irdischen Sinne mit Wachs verstopft wären, in dieser sommerlichen Trunkenheit umher, als zwei Gerechte zwischen ein Volk von Toren und Schelmen, und die wohl wissen, daß sie wegen ihrer Überlegenheit und Tugend, deren sie sich nun einmal nicht entbrechen können noch wollen, zuerst ausgelacht und dann gekreuzigt werden müssen. Der Pfarrer rieb zuweilen die Zähne aufeinander vor Verachtung und Ungeduld, oder er lachte, um anzudeuten, er wisse wohl, daß er in einer Komödie mitspiele; Zirbeldrüses Gesicht glich nicht mehr einem auseinanderlaufenden, sondern einem hartgewordenen Käse, den man nicht schneiden, höchstens zu einem grünlichen Pulver zerreiben kann. Sein Mund sah aus wie ein Strick, an dessen Enden zwei schwere Gewichtsstücke hängen, und er blinzelte von Zeit zu Zeit immer um sich wie ein Hund, der ein Loch im Zaune sucht, durch das er entwischen könnte, der aber zu voll im Bauch und zu träge ist, um davon Gebrauch zu machen, selbst wenn er eins fände. Zwischen den Linden standen einige Ratsbüttel, um dem zuströmenden Volke abzuwehren, allein sie nahmen es nicht genau und ließen alt und jung lustwandeln, so weit die Macht der alten Bäume schattete, sofern sie sich nur nicht in den Ring des Gerichtes mitten auf dem Platze wagten.

Auf die Nachricht von dem hilfreichen Erscheinen des Bischofs war Druwel von Druwelstein vom Bette aufgestanden und kam mit festlich strahlendem Gesicht auf den Lindenanger, ohne sich durch den Spott und Mutwillen Frau Armidas beirren zu lassen. »Da war ich«, rief er, »im Getümmel unter mein Pferd geraten und sind mir die Knochen arg zerquetscht worden; aber ich habe mich hervorgearbeitet und sitze wieder aufrecht, bereit zu einem neuen Gange.« »So laget Ihr unter dem Pferde, als man Euch allenthalben vergeblich suchte?« erwiderte Frau Armida, »darunter ist man freilich vor Stich und Kugel sicherer als darauf; aber ein Kavalier geht nach Ehre aus, und die ist unter einem Pferdekadaver nicht zu holen!« »Warum nicht!« rief Druwel frohmütig, »wenn man nur mit Ehren darunter gekommen ist. Den möchte ich sehen, der den Druwel von Druwelstein nicht da finden wird, wo der Herrgott und das Recht ist, gleichviel ob einer in Ängsten ist oder florieret. Verzagt nicht, gestrenge Freundin, solange Ihr mein Fähnlein flattern seht, ist Eure Sache nicht verloren.« »Ei was, für den Herrgott brauche ich keine Freunde, aber wider den Teufel,« sagte Frau Armida ungeduldig, aber nicht herbe; denn sie ließ vielmehr ein tröstliches Lächeln über Druwels bräunlichblinkende Wange und seinen straffen Knebelbart gleiten.

Der Vorsitzende machte sich unterdessen mit der Einrichtung des Tisches und mit dem Federvieh zu schaffen, das in Körben herbeigeschafft war. Ratsherr Lüddeke, der Bürgermeister und die Bürgermeisterin legten selbst Hand an, um den Hahn aus der Watte herauszuwickeln, in die er wegen neuerlicher Gebrechlichkeit verpackt war. Als davon nichts mehr an ihm und um ihn saß, glich er einer Leichnammumie, von der soeben der Kalkbewurf abgekratzt ist, welcher sie jahrhundertelang bedeckt hatte; der kleine Lüddeke, der sich indessen nicht versehen hatte, geriet in einige Verlegenheit und sah den Bürgermeister von der Seite an, der gleichfalls die Augen niederschlug; denn hier draußen, wo der lautere Sonnenglanz gleichsam in einem kristallenen Bade zwiefach erglitzerte, stach das abgeschabte Jammergerippe widriger hervor, als es sich zu Hause dargestellt hatte. Der Armselige hatte sich an jenem Abend, als die Bürgermeisterin mit Steinwürfen nach seinem Leben trachtete, zwischen das Dachgebälk der Scheune verkrochen und war erst am vorhergehenden Tage wieder aufgefunden und gewaltsam ans Licht gefördert. In dieser Zeit war seine Ernährung und sonstige Pflege ungenügend gewesen: er sah nicht anders aus, als ob der Böse ihn geholt, mit seinen rußigen Händen ihm das Gefieder zerzaust und den Hals umgedreht hätte. Während der kleine Lüddeke und der Bürgermeister sich unschlüssig ansahen, und der Druwel sich räusperte, rief Frau Armida mit heller Stimme: »So ist der Arme in der Zeit der Verfolgung heruntergekommen! Sollte er, was der Himmel verhüte, tödlich abgehen, so werden wir auf Ersatz des Schadens klagen, da wir nicht nur einen guten alten Haushahn, sondern auch unseren Liebling mit ihm verlieren!« Auch der Bischof war nun hinzugetreten und sagte: »Wie sehe ich Eure Heiligkeit wieder! So kann es Gott gefallen, die Hohen dieser Erde zu erniedrigen. Immerhin trägt er noch die Tiara, an der ich ihn wiedererkenne, obwohl sie für seinen augenblicklichen Kräftezustand zu schwer ist und trübselig wie eine Zipfelmütze von seinem Haupt herabhängt!«

Als der Bischof bei den Linden aus seiner Sänfte gestiegen war, hatte sich das lustwandelnde Volk um ihn geschart und im Schutze seines leutseligen Lächelns wie eine bunte und brausende Schleppe hinter ihm hergewälzt. Eine solche hinter sich herzuziehen, war er gewöhnt und hätte sich ohne das unvollkommen bekleidet gefühlt, und ebensowenig dachten die Büttel daran, ihm den Huldigungsschweif hinterrücks abzureißen. Demzufolge war der Hahn im Nu von vielen Frauen und Kindern umgeben, die ihn streichelten und ihm allerlei Futter beizubringen suchten, wovon er schließlich etwas nahm und angstvoll hinunterschluckte. Die beobachtende Menge begrüßte dies und andere Zeichen wiederkehrenden Lebens mit frohem Geschrei; denn er schloß nun auch einige Male die Augen ganz und öffnete sie wieder, als wollte er versuchen, ob die Maschine noch ginge. Als er sogar mit dem Schnabel, wiewohl schwächlich, unter die Körner stieß, die vor ihm ausgestreut waren, mit den wackelnden Beinen nach hinten auszukratzen sich bemühte und ein heiseres Krächzen von sich gab, kamen die Hühner, um die sich niemand bekümmert hatte, erst schüchtern, dann eilfertiger herbeigerannt und fingen um das Scheusal herum zu picken und zu essen an. Hierüber erhob sich anhaltender Jubel, der mit leichten Flügelschlägen den ausgebreiteten Lindenduft bewegte, so daß ein seliges Jagen von Balsam und Schall sich zu Häupten des Volkes auf und ab wiegte und als ein Baldachin der Freude über den Berauschten schwebte.

Der Bürgermeister begann vor Rührung zu weinen, und auch dem Druwel wurden die Augen feucht, als er seinem Freund und Frau Armida kräftig die Hand schüttelte.

»Nun,« sagte der Bischof, auf die Hühner deutend, »das Völkchen hat sich einträchtlich zusammengefunden, wie es nicht der Fall sein könnte, wenn die Hölle dazwischen nistete.«

Tönepöhl ließ den Bischof aus Achtung den Satz zu Ende bringen, fiel dann aber schnell ein, damit er ihm nicht zuvorkäme, und schickte sich mit lächelndem Ernst zu einer Rede an. »Wenn man sagt, daß die Stimme des Volkes die Stimme Gottes sei, so kann man diesen Spruch wohl mit ebensoviel Recht auf die Tiere anwenden, die noch mehr als das Volk aus der Tiefe untrüglicher Grundgefühle heraus sich äußern. Hier haben wir nun beide, das Volk und das Vieh, vernommen. Es hat sich vor unseren Augen ein Gottesgericht abgespielt, markerschütternd und doch auch lieblich in seiner Ahnungslosigkeit. Wenn wir heute vom strengen Gange der Justiz abgewichen sind, so ist es mit Fug und durchdachter Absicht geschehen, da zuweilen Freiheit Weisheit sein kann. Möge doch jeder sich überzeugen, wie unberechtigt die Klage ist, daß in unserem Gemeinwesen das Volk von der Regierung ausgeschlossen sei; wo es ersprießlich ist, geben wir seinem Urteil Raum und Gehör.«

Hier wurde Tönepöhl durch einen Zwischenfall, der sich geräuschvoll abspielte, unterbrochen. Es ertönte nämlich aus der Mitte der Hühner ein lautes Kreischen oder Krächzen, dem auf der Stelle ein Aufschreien der Bürgermeisterin folgte, eines von den Pfarrershühnern habe Kikeriki gerufen. Sie bezeichnete das Huhn, dem sie den Hahnenkraht zuschrieb, mit hindeutendem Finger und sagte, rot vor Entrüstung, so komme denn Ungebührlichkeit und Unnatur unter den Hühnern desjenigen vor, der ihren Hahn teuflischer Umtriebe beschuldigt habe. Mit raschen Schritten näherte sich der Pfarrer und sagte spöttisch: »Wenn irgendwo Kikeriki gerufen wird, so schließt man daraus, daß ein Hahn anwesend sei, und da in der Tat der Hahn des Herrn Bürgermeisters hier vorhanden ist, so wird jeder Vernünftige der Ansicht sein, daß er es getan habe.« »Freilich, freilich,« rief Frau Armida, »so meint man auch, wenn irgendwo Eier gelegt werden, daß es Hühner getan haben. Indessen habe ich mit meinen Augen gesehen, daß das Kikeriki aus dem dünnen Halse jenes Huhnes kam, und stelle es außerdem den Anwesenden anheim, ob unser armer schlotternder Hahn imstande wäre, in so lauter, durchdringender Weise zu krähen, wie eben geschehen ist.« »Gesehen habe ich nichts, aber daß eben vernehmlich und deutlich gekräht worden ist, bestätige ich als richtig,« sagte Tönepöhl. »Das kann jeder,« wandte Zirbeldrüse hämisch ein. »Ich sage, daß von einem Hahn gekräht worden ist,« wiederholte Tönepöhl aufgebracht, aber doch gemessen; »und zwar von einem Hahn in der Gestalt eines eigentlichen Hahnes oder eines wirklichen Huhnes.«

Jetzt meldeten sich Männer, Frauen und Kinder durcheinander, um zu bezeugen, daß das von der Frau Bürgermeisterin bezeichnete Huhn den vorgefallenen Hahnenkraht wirklich begangen habe. Auf den Befehl Tönepöhls wurde das Huhn ergriffen und auf den Tisch gesetzt, wo es verzweifelt herumstolperte, um zu entkommen, als ob es sich seiner häßlichen Erscheinung schäme. Der Hals des Tieres war nämlich, vielleicht durch die Arbeit von Ungeziefer, ganz von Federn entblößt, und so schien es von einer grausamen Köchin lebendigen Leibes gerupft, aber noch vor Beendigung des Geschäftes entsprungen zu sein. »Das Tier ist ein Greuel!« rief Druwel von Druwelstein, mit markiger Stimme das atemlose Schauen und Staunen der Menge durchbrechend. »Man veranlasse es, noch einmal einen Ton von sich zu geben,« sagte der Bischof heiter, »damit jeder sich von dem Charakter desselben überzeugen kann.« Dieser Vorschlag wurde unmittelbar als so einsichtig befunden, daß die Richter ihre Gänsefedern ergriffen und das Huhn damit stachen und belästigten, so gut sie konnten, wovon die Folge war, daß der entsetzte Vogel hierhin und dorthin flatterte und endlich auch in ein mißtönendes Kreischen ausbrach, dem sich ein nicht schwächeres, sondern donnernd verstärktes Echo aus der Versammlung anschloß. Als das Triumphgeschrei verhallt war, sagte Tönepöhl: »Daß das Huhn krähen kann, halte ich hiermit für bewiesen,« in welchem Sinne auch die übrigen Richter ihre Stimme abgaben; dann wurde auf einen Wink des Vorsitzenden das gesamte Federvieh in die Körbe gepackt und fortgeschafft.

Der Pfarrer, der bisher zähneknirschend und hier und da den Kopf in den Nacken werfend, als rufe er Gott zum Zeugen solcher Dummheit an, zugehört hatte, trat nun hastig vor und rief: »Und was folgt daraus, wenn es bewiesen wäre, was ich nicht anerkenne? Es gibt Tauben, die lachen, Pfauen, die trompeten, Papageien, die menschlich schwatzen, warum soll ein Huhn nicht krähen? Hängt solches doch nur von der zufälligen Bildung der Kehle ab!«

»Das Krähen,« entgegnete Tönepöhl mit nachdrücklicher Ruhe, die dem Pfarrer seine unanständige Hitze beschämend zum Bewußtsein bringen sollte, »das Krähen ist ein Abzeichen der Männlichkeit und kann auf natürlichem Wege vom Huhne nicht erfolgreich nachgeahmt werden. Wir haben vor mehreren Jahren eine Frau, die in Männerkleidern einherging und auf ihrem Geschlecht ertappt wurde, öffentlich ausgestäupt und des Landes verwiesen, da das Weib sich die Tracht des Mannes, das ist des höhergeborenen Menschen, nicht anmaßen darf. Wie soll man es da beurteilen, wenn ein Weibswesen sogar die dem Manne angeborenen Eigenheiten, gleichsam die ihn auszeichnende Naturtracht, nachahmen oder sich erwerben will? Wo sollte bei einer solchen Vermischung die notwendige Zucht und Botmäßigkeit bleiben, die im Hause wie im Hühnerstall herrschen muß?« Wie nun der Pfarrer im hellen Ärger sich die Worte entfahren ließ: »Wie konnte ich auch so albern sein, gegen papistischen Aberglauben kämpfen zu wollen!« entstand ein unwilliges Murren in der Menge, und sie hätten es ihm wohl übel eingetränkt, wenn nicht der Bischof beschwichtigende Zeichen gegeben und Tönepöhl aufgefordert hätte, den Pfarrer zu seinem Besten zu verhaften und in ein gutes Gewahrsam zu bringen, damit ihm von dem zwar aus verständlichen und schätzbaren Ursachen, aber doch über Gebühr aufgeregten Volke nicht ein Leides zugefügt werde.

Dem Hahn war das hastige Fressen nach langer Enthaltsamkeit so schlecht angeschlagen, daß Molli für gut fand, ihn abzuschlachten und sein mageres und zähes Fleisch geschickt in eine lüsterne Pastete verwurstete, welche bei dem Sieges- und Versöhnungsmahl, das unter Teilnahme des Stadthauptmanns beim Bürgermeister stattfand, verzehrt wurde.

Der Sänger

Durch die breiten widerhallenden Gänge des Gefängnisses San Callisto gingen an einem warmen Frühlingsvormittage der Kardinal Mazzamori und der Meister der päpstlichen Kapelle, Don Orazio, der seinen Stammbaum auf den berühmten römischen Dichter zurückführte, beide Günstlinge des Papstes Innozenz des Zehnten. Sie waren im Begriff, einen jungen Menschen aufzusuchen, der des Mordes angeklagt und in Gefahr, das Leben zu verlieren, dem Kardinal durch seine Geliebte, die schöne Donna Olimpia, empfohlen worden war. Diese Dame, die durch Heirat mit einem Ottobuoni aus kleinbürgerlichem Stande gehoben war, hatte den Zusammenhang mit ihrer im Schatten weiterlebenden Familie nicht verloren und pflegte ihn besonders, wenn sie sich in ihren neuen Verhältnissen beeinträchtigt und unzufrieden fühlte. Als nun eine ihrer Tanten zu ihr gekommen war und sie angefleht hatte, das bedrohte Leben des einzigen Sohnes zu retten, wozu sie vermittels ihres Freundes, des Kardinals Mazzamori, wohl imstande sei, war sie nicht nur von Mitleid, sondern von Ehrfurcht für die Frau ergriffen worden, die, von den Todesschmerzen der Mutter durchbohrt, ein geheiligtes Schicksal zu erfüllen schien, während sie selbst nie geboren noch die eheliche Treue bewahrt hatte und jetzt sogar an ihrem geistlichen Freunde die Lust zu verlieren begann. Ihrem herb erteilten Befehl hatte der Kardinal sich nicht entziehen können, obwohl er die Möglichkeit, Hilfe zu schaffen, in diesem Falle für ausgeschlossen hielt.

Es war nämlich der junge Lancelotto – so hieß der Vetter Olimpias – durch seinen verstorbenen Vater, einen Kaufmann, der Gläubiger eines Anverwandten des Papstes und hatte sich im Auftrage seiner Mutter, nachdem verschiedene Mahnungen nicht gefruchtet hatten, selbst in das Haus des Schuldners begeben, um ihn zur Zahlung aufzufordern. Da der Herr sich kurzweg weigerte, seiner Verpflichtung nachzukommen, oder sie gar leugnete, entstand ein lebhafter Wortwechsel, in dessen Verlaufe der Nepot einige seiner Leute herbeirief und ihnen befahl, den unverschämten Dränger zu ergreifen und ihn durch das Fenster auf die Straße zu werfen. So aufs äußerste gereizt, hatte Lancelotto, indem er sich der Männer, die roh über ihn herfielen, zu erwehren suchte, einen derselben auf den Tod verwundet. So viel Ursache der adlige Herr auch hatte, den Vorfall zu verbergen, machte er ihn doch anhängig, um sich des lästigen Gläubigers zu entledigen und zu seinem Glück trafen mehrere Umstände zusammen, durch welche die Richter gegen den Angeklagten eingenommen wurden.

Unter den Papieren Lancelottos fand sich außer allerlei verbotenen philosophischen Schriften ein Spottgedicht auf den Papst, und so liebenswürdig und empfindungsvoll Innozenz der Zehnte in mancher

Beziehung auch war, so hätten doch sogar seine verwöhntesten Vertrauten sich jäher Ungnade versehen müssen, wenn sie ein gegen ihn gerichtetes Witzwort zu verteidigen gewagt hätten. Vornehmlich seine Schwäche, sich für einen Dichter zu halten, mußte von jedermann geschont werden, und nichts hätte ihn davon abgehalten, in demjenigen einen Mörder und Ketzer zu sehen, der mit viel Geist und komischen Wendungen seine sapphischen Oden parodiert hatte; denn dies war die Form, in die er die Ergießungen seines Christenherzens vorzugsweise einzukleiden liebte.

Das Gedicht war »Die römische Sirene« betitelt und lautete etwa so: »Segle nicht an der römischen Küste vorüber, Odysseus, oder tust du es dennoch, so versäume nicht, deine Ohren mit Wachs zu verkleben, damit du den Gesang des Papstes nicht vernimmst. Hörtest du ihn, so würde dich ein solcher Schauer ergreifen, daß du nicht mehr imstande wärest, dein Schiff zu lenken, und elend scheitern würdest.« Es wäre tollkühn gewesen, sich eines Menschen anzunehmen, der die Unvorsichtigkeit gehabt hatte, eine solche Keckheit nicht nur aufzuschreiben und bei sich finden zu lassen, sondern sogar seine Urheberschaft zuzugestehen.

Unter diesen Umständen schritt Kardinal Mazzamori mit bekümmerter Miene neben seinem Freunde Orazio her, ihm seine Sorgen und Bedenken mitteilend. »Ich kann Olimpias Teilnahme für die Tante nicht anders als liebenswert finden,« sagte er, »obschon ich darunter leide. Ihr Mitgefühl für ihre Verwandten macht ihr Herz unzugänglich gegen meine Ansprüche, die ich ihrer düsteren Miene gegenüber kaum geltend zu machen wage. Wie leicht wird die Tugend zum Feinde des Glücks, und wie schwer ist es deswegen, zum Freunde der Tugend zu werden. Ich kann mir keinen glücklichen Abschluß dieser Angelegenheit vorstellen, da ich mich durchaus nicht in den Prozeß einmischen kann, der schon zu viele Torheiten des Beklagten ans Licht gebracht hat, und da doch die unberatene Olimpia ihre Zärtlichkeit für mich an seine Rettung geknüpft hat.«

Orazio gab zu, daß es eine heikle Sache sei, und fügte bei, er könne sich nicht genug freuen, daß seine Veranlagung ihn vor dem unheilvollen Einfluß der Weiber beschützt. »Nach meinem Dafürhalten«, sagte er, »wiegen die Vergnügungen, die uns dies Geschlecht bereiten kann, die Ärgernisse und Enttäuschungen nicht auf, die aus seinem Umgange fließen.«

Der Kardinal seufzte statt der Erwiderung, ohnehin war inzwischen der ihnen vorangehende Wärter vor einer der vielen Türen stehengeblieben, die auf den Gang führten, und gab ihnen ein Zeichen, daß sie am Ziele seien.

Bei ihrem Eintritt richtete sich der Gefangene von seiner Pritsche auf, sah die Fremden verdutzt und mißlaunig an, sprang dann auf und sagte mit höflichem Gruß, daß er fest geschlafen habe und sich nicht gleich auf seine Lage habe besinnen können. »Die barmherzige Natur hat mir«, sagte er lachend, »die Gabe reichlichen Schlafes verliehen, womit ich die Zeit verscheuchen kann, da mir keine Gelegenheit gegeben wird, sie mir durch Arbeit oder Unterhaltung zu befreunden.«

»Die Fähigkeit, zu schlafen, deutet auf ein freies Gewissen,« bemerkte der Kardinal, worauf der junge Mann erwiderte: »Das habe ich freilich; ich möchte den Mehlsack sehen, der sich von ehrlosen Schurken mit Füßen treten ließe, ohne sich zu wehren. Wäre meine Zunge so fehlerlos, wie meine Hände ohne Makel sind; aber die ist so beschaffen, daß sie alles ausspricht, was durch mein Gehirn zuckt, als ob sie eine Glocke wäre, an die der Schlegel der Gedanken beständig anschlüge. Da wird denn manches laut, was den Leuten Verdruß erregt; sprächen alle aus, was sie denken, so hätte ich zu viele Gesinnungsgenossen, als daß man sie alle einsperren oder ihnen allen den Kopf abschlagen könnte.«

»Ihr redet nicht eben wie ein bußfertiger Sünder,« sagte Don Orazio nicht ohne Wohlgefallen an dem hübschen Jüngling, dessen Munterkeit durch seine jammervolle Lage nicht gebrochen zu sein schien.

»Was wollt Ihr, mein Herr!« entgegnen er zutraulich. »Einen Mord habe ich nicht begangen; soll ich zerknirscht sein, weil ich nach Maßgabe meines Verstandes über das Wunder des Daseins nachgedacht, oder etwa gar, weil ich einen unbedeutenden Witz über Seine Heiligkeit gemacht habe? Ich mache wohl auch einmal einen frechen Scherz über die höchsten Herrschaften im Himmel, die doch ehrwürdigere Häupter sind als der Papst, ohne daß ich mich deshalb der Sünde zeihe; denn was für Abbruch tut es ihrer Herrlichkeit, wenn ein Erdenwurm, ihnen fast unsichtbar, ein wenig daran zupft? Ich bin nur ein armer Schlucker, den man leicht des Lebens und der Ehre berauben kann, und bin doch den Richtern nicht böse, die mich täglich als einen blutdürstigen Raufbold und Rebellen traktieren.«

Der Kardinal, welcher inzwischen verlegen seine weißen Nägel betrachtet hatte, sagte, indem er eine ernste Miene annahm: »Die Gerechtigkeit des Heiligen Vaters bürgt dafür, daß Euch kein Leid widerfährt, wenn Ihr so schuldlos seid, wie Ihr behauptet. Hättet Ihr nicht durch Euren Mutwillen die Anwartschaft auf Gnade verscherzt, so möchte ich Euch raten, Euch mit Eurem Anliegen ganz zu den Füßen Seiner Heiligkeit zu werfen.« Da der junge Mann nicht sogleich antwortete, setzte Orazio im Tone wohlmeinender Überredung hinzu: »Würdet Ihr nicht wenigstens das leidige Gedicht, das Euch der Teufel eingegeben hat, zurücknehmen?«

»Warum nicht?« antwortete Lancelotto. »Am liebsten auch alle Gedichte Seiner Heiligkeit, wenn ich es könnte.«

Es war Don Orazio unmöglich, das Lachen zurückzuhalten; der Kardinal indessen spürte nur einen schwachen Anreiz zur Heiterkeit, da das Bewußtsein der Widerwärtigkeit seiner Lage in ihm fortwährend zunahm.

Wie der arme junge Mensch wahrzunehmen begann, daß der Besuch durch ein gewisses Interesse an seiner Befreiung veranlaßt war, färbte die erwachende Hoffnung seine blassen Wangen um einen Hauch röter, und durch sein vorher so gelassenes Benehmen zitterte verhaltene Unruhe. Ob es nicht wirksamer wäre, fragte er, indem er seine Blicke zwischen den beiden Herren hin und her gehen ließ, wenn seine Mutter sich an die Gnade des Papstes wendete? Sie würde alles tun, was ihn retten und ihn ihr wiedergeben könnte. Auf ihr Betreiben wären gewiß auch die beiden Herren mit so viel gütigem Anteil zu ihm gekommen.

Der Kardinal nickte und ließ einige Worte fallen, wie die Liebe der unglücklichen Frau zu ihrem Sohne nicht nachlasse, obwohl er ihr so schweren Kummer bereite.

»Nicht durch meine Schuld,« sagte Lancelotto frei und freundlich; »wäre ich aber noch so schuldig, so würde ich an ihrer Liebe doch nicht zweifeln; denn ich bin noch in ihrem Herzen, wie ich einst in ihrem Leibe war, und Gott selbst mit seiner Allmacht könnte mich nicht herausreißen.«

Während er dies sagte, hatten seine Augen sich gefeuchtet und waren dadurch glänzender und dunkler geworden, und den beiden Herren fiel es jetzt auf, daß diese Augen ungewöhnlich schmal und lang waren, so wie die älteren Maler die Augen der Cherubim und der verklärten Heiligen zu bilden pflegten. Das geisthaft Schwebende, spielend Süße, das ihnen eigen war, mochte dadurch bedingt sein, daß die kleinen Pupillen den irdischen Leidenschaften keinen Versteck zu gewähren und die Vielheit der bunten und veränderlichen Erddinge nur von ferne spiegeln zu können schienen.

Inzwischen hatten die scharfsichtigen Augen Lancelottos erfaßt, daß die Herren doch nicht eigentlich darauf ausgingen, etwas Wirksames für ihn zu tun, und die frohe Welle der Hoffnung sickerte langsam wieder zurück. Wenn die Herren, sagte er nach einer Pause, einen Auftrag an seine Mutter übernehmen wollten, so möchte er sie bitten, ihr einen Büschel seiner Haare zuzustellen, der ihr als ein lebendiges Stück von ihm teuer sein würde. Ihm würde jedoch weder ein Messer noch sonst ein scharfes Instrument in die Hände gegeben, so daß er ohne ihre Hilfe nicht imstande sein würde, sich Haare abzuschneiden.

Der Kardinal zog ein mit Schmelz und farbigen Steinen verziertes silbernes Büchschen aus dem weiten Ärmel, worin ein kleiner Spiegel, eine Schere, ein Stückchen Wachs, eine Feile zum Glätten der Nägel und dergleichen enthalten waren, öffnete es und blickte unschlüssig hinein. Während er zögerte, bemächtigte sich Don Orazio der Schere und beugte sich über den Kopf des jungen Mannes, um den erforderlichen Schnitt zu tun, wobei er mit einer liebkosenden Bewegung in die ein wenig geringelten kastanienbraunen Haare griff.

Bei diesem Anblick fiel es dem Kardinal ein, daß die unglückliche Mutter in der Besinnungslosigkeit ihres Schmerzes gewimmert hatte: »Er ist ja noch ein Kind! Er hat Löckchen wie ein Kind!« und es berührte ihn überaus peinlich, die Klage mit eigenen Augen bestätigt zu sehen. Nachdem er sich leicht geräuspert hatte, sagte er, daß er Sorge tragen werde, das Andenken in die Hände der Mutter gelangen zu lassen, und daß er gern etwas tun würde, um die Lage des Gefangenen zu erleichtern. Ob er Wünsche in betreff des Essens habe? Oder womit ihm sonst gedient wäre?

Was das Essen angehe, sagte Lancelotto, so werde er durch seine Mutter beköstigt, die ihm mehr Leckerbissen vorsetzen lasse, als er bewältigen könne. Bücher, etwa ein Bändchen Gedichte, würden ihn wohl erfreuen, am liebsten würde ihm aber sein, wenn er einen Gefährten zugesellt bekäme, mit dem er ein wenig plaudern und lachen könnte. Dieser Gedankengang brachte ihn darauf, daß er seine Gäste, von denen namentlich der Kardinal augenscheinlich sehr niedergeschlagen und durch die trübselige Umgebung bedrückt war, bisher nicht eben gut unterhalten habe, und er begann ein munteres Geschwätz, wobei aus den schmalen Augen die unschuldige Schelmerei eines übermütigen Knaben blitzte. Er erzählte Schulstreiche aus dem geistlichen Kolleg, das er besucht hatte, von Lehrern und von dem Abt eines gewissen Klosters, der ihn als einen jungen Heiligen angesehen habe und noch immer darauf warte, ihn als Novizen eintreten zu sehen. Er habe den guten Mann oft besucht und sich im Kloster wohl gefühlt; aber lange halte er es in der Abgeschiedenheit nicht aus, dem Getümmel des Lebens zuzusehen, sei ihm die liebste Beschäftigung; je toller es um ihn her zugehe, desto stiller und behaglicher fühle er sich im Innern.

Dann sei die enge Zelle freilich nicht der rechte Aufenthalt für ihn, meinte Orazio teilnehmend; aber der junge Mann erwiderte, es sei immerhin so arg nicht, wie es den Anschein habe. Sein Fenster gehe auf den Hof, wo die zur Gefangenschaft Verurteilten sich zu gewissen Stunden ergehen dürften und untereinander handelten, lachten, lärmten und zankten, wie wenn Viehmarkt auf der Piazza Navona wäre. Zwischenhinein könne er schlafen, und schließlich befinde sich in einer nicht weit entfernten Zelle ein Untersuchungsgefangener, der eine so schöne Stimme besitze, daß man sich einbilden könne, schon im Paradiese zu sein, wenn man ihn singen höre.

Die Pause, die hierauf entstand, benutzte der Kardinal, um Lancelotto zu fragen, wie es denn in Hinsicht der Religion mit ihm bestellt sei. Ob er auf das Jenseits vorbereitet sei, oder ob er etwa von einem verständigen Geistlichen über den heiligen Glauben belehrt zu werden wünsche.

Der junge Mann schüttelte lachend den Kopf und sagten »Ich habe Augenblicke, wo der Glaube mich mitten in Gottes Schoß trägt, und ich habe Stunden, wo ich zweifle und denke, bis meine Gedanken an jenes schwarze Tor stoßen, das sie nicht durchdringen und übersteigen können. Das vermag kein Priester zu ändern, und ich möchte es auch nicht. Den Platz, der in der weiten Welt für meine Seele ist, werde ich erreichen; hat ja doch Gott dem Maultier eingepflanzt, bei Nacht den rechten Weg, und einer Katze, das Haus zu finden, wo sie hingehört. Die Herren müssen nicht um mich besorgt sein, noch soll meine Mutter sich um mich grämen. Soll ich sterben, so muß ich durch ein paar bittere Stunden hindurch, die ebenso schnell vorübergehen werden wie manche andere, die ich auch überstanden habe. Wie wohl wird mir aber hernach sein, wenn mir Gott einen Anteil an der himmlischen Vollkommenheit gewährt. Dann werden meine neugemachten, allgegenwärtigen und allwissenden Augen auf die Verwirrung und das Händeringen und Zähnefletschen der Menschen hinuntersehen und lachen, daß ich auch einmal mitten dazwischen war und von armseligem Schlachtvieh zum Tode verurteilt und auf das Schafott geschleppt wurde.« Sein frischer feuchter Mund lächelte dabei mit besonderer Lieblichkeit, die man kaum wehmütig nennen konnte, weil sie allzu unbefangen war.

Als die beiden Herren die Zelle verlassen und der Wärter die Tür abgeschlossen hatte, winkten sie diesem, daß er nunmehr entlassen sei, und gingen langsam den Gang hinunter. Der Kardinal tupfte sich mit dem Taschentuch und sagte, es sei jammerschade, daß ein solcher Knabe so zu Falle gekommen sei. Was sei da zu machen? Der Mord könne schließlich nicht ungestraft bleiben, er sähe keinen Ausweg.

»Ein allerliebster Junge,« sagte Don Orazio nachdenklich, »und scheint durchaus nichts Strafwürdiges begangen zu haben. Ich hätte Lust, mich seiner anzunehmen und ihn den Krallen dieses gottvergessenen Tribunals zu entreißen, wenn sich nur ein zweckmäßiger Weg dazu finden ließe.«

»Mir fehlt der Mut, mich vor Olimpia sehen zu lassen, wenn ich keine Hoffnung bringe,« fuhr der Kardinal bekümmert fort. »Und wie, wenn ich gar die Mutter mir vor Augen stelle! Ohnehin werde ich diese Frau nie mehr vergessen können, die aussah, als ob sie tausend Jahre gelebt und Schmerzen gelitten hätte. Sie sah aus wie ein verwitterter Stein, und wenn sie zu weinen und zu schreien anhub, so war es, wie wenn ein Berg sich bewegte und Feuer auswürfe.«

»So, so,« sagte Don Orazio, »ich hatte sie mir als ein anmutiges Weib vorgestellt mit süßen Lippen und zärtlichen Augen.«

Ohne diesen Einwurf zu beachten, ging der Kardinal in seinen Betrachtungen weiter: »Was man ihr auch sagen mochte, sie schrie: ›Mein Kind, das ich geboren habe! Mein Paradiesvogel! Meines Herzens Herz! Mein Eingeweide! Es ist mein, ich muß es wiederhaben!‹, als ob das Gründe wären, mit welchen sich etwas durchsetzen ließe.«

»Das ist«, fiel Don Orazio ein, »wie alle Frauen sind. Die setzen ihren Eigenwillen der offenkundigen Notwendigkeit entgegen und lassen sich durch Vernunft nicht belehren.«

Der Kardinal nickte verständnisvoll und nahm Anlaß, in behutsamen Andeutungen über die Launenhaftigkeit der Donna Olimpia zu klagen, die sie in letzter Zeit wie eine Krankheit überfallen habe, während sie sonst liebevoll und verträglich wie ein Engel gewesen sei. Was ihr sonst eine willkommene Zerstreuung gewesen sei, gefalle ihr nicht mehr, sie liebe Einsamkeit und trübe Gedanken, und die Verzweiflung jener unglücklichen Tante vermehre ihren Tiefsinn. Sie werde es ihn entgelten lassen, wenn der Prozeß des jungen Mannes übel auslaufe, als wenn er etwas dazu zu tun vermöge; so sähe er einer unfrohen Zukunft entgegen. Da würde es das beste sein, meinte Orazio, die launische Dame zu meiden und bequemere Gesellschaft aufzusuchen; allein der Kardinal sagte, die Frau habe sich doch um ihn verdient gemacht, und er halte sich verpflichtet, nun, da sie offenbar krank und des Beistandes bedürftig sei, bei ihr auszuharren. Er war beschämt, indem er dies sagte, denn er fühlte, daß sein Freund seine Worte für eitel Ausflucht und ihn für einen verliebten Toren hielt.

Als die Freunde, in dies Gespräch vertieft, in dem breiten und kahlen, widerhallenden Gange auf und ab gingen, vernahmen sie plötzlich den Gesang einer Männerstimme und blieben augenblicklich, von dem Glanz derselben betroffen, stehen. Es war ein Volkslied, das mit so viel Kraft und Sicherheit gesungen wurde, als ob es von der Bühne eines großen Theaters her tönte, und mit so viel Leidenschaft, als gälte es, ein zauderndes Mädchen zu einer Entführung willig zu machen. Mazzamori und Orazio sahen einander, vor Staunen und Vergnügen errötend, an, und als der Sänger dem Abschluß einer Strophe eine Kadenz folgen ließ, hielten sie den Atem an, besorgt, ob die schwindelnde Figur auch zu einem glücklichen Ende gebracht würde.

Während der Dauer des Liedes näherte sich ein wachehabender Soldat und machte Miene, dem Sänger Schweigen zu gebieten, wie das den Vorschriften des Gefängnisses entsprochen hätte, trat jedoch willig zurück, als die beiden Herrschaften ihm einen Wink gaben, sich ruhig zu verhalten. Diesen riefen sie heran, sowie das Lied zu Ende war, um Auskunft über die Wundererscheinung zu erhalten. Der Sänger sei ein Bauer, meldete der Soldat, dem wegen mehrfachen Mordes der Prozeß gemacht werde; er sei ein wilder und böser Kerl, der den Mund nur zum Fluchen öffne, aber der unerforschliche Gott habe für gut befunden, ihn mit einer Stimme zu begnaden, wie kein Engel der himmlischen Heerscharen sie herrlicher besitzen könne. Niemand habe den Mut, ein solches Wunder der Natur zu unterdrücken, darum ließe man ihn singen, womit auch der Direktor einverstanden sei, der manchmal selbst, wenn er in der Nähe sei, stehenbleibe, um zuzuhören.

Ob man ihn nicht veranlassen könne, weiterzusingen? fragte Don Orazio. Nein, sagte der Soldat, wenn man ihn um etwas bäte, würde er es deswegen unterlassen, weil er bösartig und mißtrauisch sei. Es könne ein Tag vorübergehen, ohne daß er die Stimme erhebe, andere Male höre er stundenlang nicht auf; das sei von seiner Laune abhängig.

»Ich kann mich nicht begnügen, von der Stelle zu gehen, ohne ihn noch einmal gehört zu haben,« sagte Don Orazio, »sonst würde ich morgen wähnen, daß mich meine Einbildungskraft geneckt hätte.«

Auch der Kardinal zeigte sich nach einer Wiederholung des Genusses begierig. Sie erwogen eben, ob sie nicht dennoch versuchen sollten, den Gefangenen zu einem Vortrage zu bewegen, als der Gesang von neuem begann, um sie nicht minder als der erste zu entzücken.

»Ich habe einen Tenor wie diesen noch nie in meiner Kapelle besessen,« sagte Don Orazio.

Der Kardinal stimmte ihm bei; er habe zwar die unvergleichliche Schulung des berühmten Mignotta nicht, die Unfehlbarkeit des Ansatzes und die Gleichmäßigkeit des Organs beim An- und Abschwellen des Tones, aber an Kraft, Schmelz und Süßigkeit lasse er alle anderen hinter sich. »Ich würde jederzeit«, so schloß er, »eine Stunde lang auf einem Beine stehen, um ein solches Konzert in mich aufnehmen zu können.«

»Mein Freund,« sagte Don Orazio, »ich habe keine Ruhe, bevor ich nicht Näheres über diesen Mann erfahren habe; begleite mich augenblicklich zum Direktor, damit wir Schritte tun können, um uns dieser Kostbarkeit zu versichern.«

Der Direktor bestätigte die Aussage des Soldaten und führte sie dahin aus, daß es sich in diesem Falle um einen erwiesenen mehrfachen Mord aus Rachsucht handle; es habe nämlich der Verbrecher, Ronco mit Namen, die Gewohnheit gehabt, nachts die Kühe seines Nachbarn zu melken, und wie nun ein junger Bube, der Sohn eines in der Nähe wohnenden Pächters, dem Geheimnis auf die Spur gekommen sei und den Geschädigten, dessen rätselhafter Milchmangel im Dorfe bekannt geworden sei, darauf aufmerksam gemacht habe, so habe er sich anfänglich ruhig verhalten, als ob die Sache nur ein Scherz und des Aufhebens nicht wert sei, aber nach acht

Tagen nicht nur den Buben, der ihn angegeben, sondern auch dessen Vater und Mutter sowie eine alte Großmutter, die alle dieselbe Hütte bewohnten, mit einem Messer umgebracht. Die Entrüstung über die Tat sei allgemein, und der Mensch habe den Tod verdient und werde ihm nicht entgehen; auch sei ihm nichts daran gelegen, der Kerl sei so wild, daß er kaum einen Unterschied zwischen Leben und Tod zu machen wisse.

Das sei ein seltsamer Bericht, sagte Don Orazio; man müsse doch annehmen, daß ein alter Hader zwischen den Familien bestanden habe, wie es bei solchen Rachehandlungen meistens der Fall sei, und unüberlegt und empfindlich müsse der Mann auch sein. Er hätte Lust, einmal selber mit ihm zu reden, um der Sache auf den Grund zu kommen.

Der Direktor zuckte die Achseln und sagte, die Herren Richter hätten sich schon genug Mühe mit ihm gegeben, die Bestie sei dessen nicht wert; jedoch sei er bereit, die Herrschaften hinzuführen, möchte ihnen aber raten, nicht ohne einen Wärter hineinzugehen, da man sich von einem solchen Patron des Schlimmsten müsse gewärtig sein.

An diesen Rat hätte der Kardinal sich gern gehalten, allein Don Orazio lachte hoch aus und sagte, seine kräftige Gestalt reckend und seine breite Brust aufblähend, er getraue sich wohl, es mit einem maisfressenden Bauern aufzunehmen.

Auch war es in der Tat nicht eben Furcht, was den Meister der Kapelle überlief, als er mit seinem Freunde dem Unhold gegenüberstand, der sie mit einem schnellen Blick mißtrauischen Hasses streifte, um sogleich wieder stumpfsinnig vor sich hinzustieren; sondern vielmehr ein unwillkürliches Grauen vor dem bösen Blick, dessen das Scheusal mächtig sein konnte. Vorher getroffener Verabredung gemäß begann der Kardinal, nachdem er verschiedenemal angesetzt hatte, und sagte, sie seien im Begriff, die Ordnung der Gefängnisse zu untersuchen; ob er, der Gefangene, über irgend etwas Klage zu führen habe? ob er den Besuch eines Geistlichen empfangen habe? ob er geneigt sei, irgendwelche Geständnisse zu machen oder seine Reue in den Schoß einer vertrauenswürdigen Person geistlichen Charakters zu ergießen?

Die Antwort Roncos auf die sorgfältige Anrede des Kardinals bestand darin, daß er knurrte und mit dem Daumen nach der Tür deutete, worauf der Kardinal von neuem einigemal ansetzte und fortfuhr, er, Ronco, sei eines grausamen und unerklärlichen Verbrechens angeklagt; ob er vielleicht zur Erhärtung seiner Unschuld oder zur Verminderung seiner Schuld etwas beizubringen habe, was Verwirrung oder Scham den Inquisitoren gegenüber ihn vielleicht gehindert hätte auszusprechen? Der Heilige Vater habe viel mehr Freude an einer erlösten Unschuld als an der Bestrafung eines Schuldigen und dehne seine Milde auch über diejenigen aus, die durch

Unbesonnenheit, Jähzorn oder Anstiftung des Teufels wider ihren Willen zu einer bösen Tat hingerissen worden seien.

»Pest und Krebs über den päpstlichen Saustall!« zischte Ronco zwischen den Zähnen hervor, indem er einen wilden Blick auf die Tür warf und wiederum nach der Tür deutete, so daß der Kardinal unwillkürlich einen Schritt zurückwich, wie um einen Platz jenseits der Hörweite solcher Schimpfworte zu gewinnen.

Don Orazio, der das Bedürfnis fühlte, seinem Freunde zu Hilfe zu kommen, sagte: »Weder der Heilige Vater noch seine Diener, mein Freund, wollen dir übel, wie du vorauszusetzen scheinst. Wir wären nicht an dieser Stelle, wenn wir deinen Tod suchten, den du allerdings verdient zu haben scheinst. Gott der Allwissende hat dich mit einer schönen Stimme begabt und dich dadurch nach unerforschlichem Beschluß ausgezeichnet. Wie wäre es, wenn du uns noch eine Probe dieser wunderherrlichen Kunst gäbest, der du mächtig bist, und die beweist, daß mehr Göttlichkeit in dir wohnt, als deine Taten, deine Worte und selbst dein Anblick vermuten lassen.«

Ob nun Ronco diese Worte als eine Verhöhnung auffaßte, oder ob er das Gespräch überhaupt als eine Belästigung empfand, er schrie in ausgelassener Wut: »Hinaus! hinaus! Oder ich werde euch etwas singen, daß euch die Lumpenschädel zerplatzen sollen!« und begleitete die Aufforderung mit einer so drohenden Gebärde, daß die beiden Herren es für das beste hielten, sich zunächst zu bescheiden und den Rückzug anzutreten. Mit dem Schwunge des Triumphes und der Verachtung spuckte Ronco hinter ihnen her.

Kardinal Mazzamori war so erschrocken, daß er nicht sofort weitergehen konnte, sondern an dem nächsten Fenster des Ganges stehenblieb, um Luft zu schöpfen und sich ein wenig zu erholen.

»Was für ein Tier!« sagte Orazio. »Man muß zugeben, daß unsere Bauern nicht viel mehr als Vieh sind und die Anforderungen, die man an sie stellt, danach bemessen.«

»Er hat eine wölfische Physiognomie,« sagte der Kardinal, »und ich möchte wetten, daß er ein echtes Wolfsgebiß besitzt. Es scheint in der Tat nötig, daß die Menschheit vor einem solchen Wüterich beschützt werde.«

Seine letzten Worte wurden durch die Stimme Roncos übertönt, der eben jetzt wieder zu singen begann, vielleicht aus Trotz, oder weil ihm die Lobsprüche der vornehmen Herren dennoch geschmeichelt hatten.

»Göttlich, göttlich!« flüsterte Don Orazio. »Dieses Wunderwerk von Stimme darf nicht zerstört werden! Ich werde nicht Mühe noch Kosten scheuen, sie mir zu retten.«

Unter den geschlossenen Augenlidern des lauschenden Kardinals perlten Tränen hervor. »Welcher Wohllaut quillt noch aus dem Rachen der Hölle!« hauchte er. »O Geheimnisse der Allmacht! Jeder Ton ist rein, weich und lauter, wie ein Tropfen Tau, der sich in der Frühe auf Knospen wiegt. Was wird Seine Heiligkeit sagen, wenn sie diesen Gesang hört!«

In großer Erregung verließen die Herren das Gefängnis und ließen sich in der bereitgehaltenen Sänfte zu dem Palast des Kardinals tragen, um über die zunächst vorzunehmenden Schritte zu beraten; denn darin stimmten sie überein, daß der rare Vogel für die päpstliche Kapelle durchaus erworben werden müsse. Nachdem sie sich bei einem Glase guten Weins in einem kleinen wohnlichen Gemach, dessen Wände mit schönen Teppichen aus Arezzo verhängt waren, von den verschiedenen heftigen Eindrücken des Vormittags erholt hatten, schien es ihnen nicht unmöglich, das Tribunal zu einem Freispruch des kostbaren Ronco zu bewegen. Sie hatten in Erfahrung gebracht, daß ein gewisser Guidobaldo die Verteidigung des Verbrechers führe, und mit diesem beschlossen sie sich zunächst ins Vernehmen zu setzen. Don Orazio nämlich hatte ihn in einem befreundeten Hause kennengelernt und sich gut mit ihm unterhalten, obwohl der Advokat ein Freidenker und Feind des Klerus war. Da er aber seine Ansichten nicht äußerte, außer wenn es am Platze war, die Formen der Religion mit großem Anstand in acht nahm, sobald er sich beobachtet wußte, und dazu ein fröhlicher und gewandter Mann war, so konnten auch Geistliche seinen vorurteilslosen Verstand und seine geselligen Gaben genießen und waren es zufrieden, einstweilen in gutem Einvernehmen mit ihm zu bleiben. Es traf sich glücklich, daß der Advokat gerade damals im Sinn hatte, eine Villa zu kaufen, deren ausgedehnter Garten sich den Janikulus hinaufzog, daß er aber den hohen Preis, der dafür gefordert wurde, nicht zahlen konnte oder wollte; denn dadurch bot sich die erwünschte Gelegenheit, den nützlichen Mann durch eine Gefälligkeit zu gewinnen. Ohne Zaudern suchten die Freunde den Advokaten noch am selben Tage auf und baten ihn, an die Bekanntschaft mit Don Orazio knüpfend, ihm die Summe, deren er zum Erwerb der Villa benötige, vorstrecken zu dürfen. Sie hofften, sagte Don Orazio, sich dadurch ein Anrecht auf gütiges Entgegenkommen seinerseits zu verdienen, wenn sich das, was sie von ihm wünschten, mit seiner Ehre und anderen Rücksichten vereinigen ließe. Nach dieser Einleitung erzählte er von seinem Funde im Gefängnis, sprach von der Vorliebe des Papstes für Musik, insbesondere die menschliche Stimme, und von seinem Wunsch, eine so überaus seltene Kraft für die päpstliche Kapelle zu gewinnen, zumal damit ein Menschenleben gerettet und auf eine nutzbringende, vielleicht ruhmvolle Bahn gebracht würde.

Der Advokat erwiderte, er habe bereits von der schönen Stimme des Ronco gehört, sich aber nicht sonderlich dafür interessiert; er trage jedoch gern dazu bei, dem Heiligen Vater ein Vergnügen zu bereiten, auch sei es sowieso seines Amtes, die Verbrecher zu verteidigen und womöglich zu retten. Immerhin sei das im vorliegenden Falle schwierig, weil der Bauer überwiesen und geständig sei und viel zu stumpfsinnig oder zu roh, um Schritte zu seiner Rettung zu tun oder zu unterstützen, wenn solche überhaupt erfindlich wären. Nach einigem Besinnen fuhr er fort, es ließen sich wohl Wege zum Ziel ausdenken, wenn man fest entschlossen sei; es sei schon mancher freigesprochen, der den Tod ebensowohl wie der schlimme Ronco verdient hätte; von dem Präsidenten des Tribunals, Monsignor Aloisio, sei es nur allzu bekannt, daß seine Stimme feil sei, freilich um kein Geringes, wohingegen der weltliche Beisitzer für ein billiges Trinkgeld zu haben sei. Da sei aber Don Petronio, ein unzugänglicher Mann, dessen einzige Eitelkeit und Liebhaberei seine Unbestechlichkeit sei, der stets den Sittenrichter spiele und emsig aufpasse, damit ja nicht etwa unter seiner Mitwirkung etwas Ungebührliches unterliefe. Wenn man sich diesem mit wohlgemeinten Anerbietungen irgendwelcher Art näherte, so würde man von vornherein alles verderben; wie man ihn aber umgehen oder überlisten könne, dazu könne er noch keinen Plan absehen, wolle die Sache aber bedenken. Ein Übelstand sei es auch, daß der Prozeß im vollen Gange sei und nur noch ein Verhör stattzufinden habe, worauf der Urteilsspruch bei der Klarheit des Falles nicht auf sich warten lassen würde. Indessen ermutigte er die beiden Bittsteller damit, daß guter Rat sich oft über Nacht einstelle, und gab ihnen anheim, sich einstweilen mit dem Präsidenten in Übereinstimmung zu setzen, offen gegen ihn zu sein und etwa eine Art Mitwissen des Papstes anzudeuten, was seiner Beflissenheit einen gedeihlichen Schwung geben würde.

Monsignor Aloisio war ein prachtliebender Mann und heiteren Temperaments, der gern gut lebte und auch anderen Gutes gönnte, wenn er nur Geld genug zur Verfügung hatte, dessen Mangel das einzige war, was seine Laune auf die Dauer zu trüben vermochte. Als er innewurde, daß Kardinal Mazzamori und Don Orazio ihm einen erheblichen Zufluß des geschätzten Metalls zu eröffnen gedachten, nahm er sie mit lauter und glänzender Gastlichkeit auf, führte sie durch die pomphaft ausgestatteten Räume seines Hauses, zeigte ihnen eine Sammlung chinesischer Porzellane und versprach für seine Person, einem so billigen und harmlosen Wunsche ohne kleinliche Bedenken entgegenzukommen, führte aber, wie der Advokat, den unbestechlichen Don Petronio ins Feld, der, seiner schrullenhaften Eitelkeit zuliebe, jeden Versuch, den armen Sünder durchschlüpfen zu lassen, vereiteln würde. »Nach meiner Meinung«, sagte er behaglich, »ist die Gerechtigkeit bei Gott, der es nicht immer für gut findet, uns zu erleuchten. Wie kurz ist die Kette von Ursache und Wirkungen, der wir folgen können! Nun ja, man urteilt nach seiner Kurzsichtigkeit und glaubt, etwas Großes getan zu haben, wenn man einen Dieb oder Räuber aufhängt. Wie oft dieser ein frommes Herz im Busen hatte, ein guter Vater oder edler Freund war, während sein sogenanntes Opfer auf dem Grunde der Seele, wohin kein sterbliches Auge blicken kann, die Farbe der Hölle trug, wer mag das wissen? Unser guter Petronio hingegen begreift nur den Buchstaben und meint, unsere Erde zu verbessern, wenn die Paragraphen recht in Anwendung kommen.«

Nachdem verschiedene Einfälle, um zum Ziele zu gelangen, vorgebracht und verworfen waren, trennten sich die Herren, ohne zu einem Schluß gekommen zu sein, mit der Befürchtung, daß ihnen der Sänger dennoch entgehen würde. Indessen empfing Don Orazio noch zu später Abendstunde einen Brief des Präsidenten, der so lautete: Es sei ihm plötzlich ein eigenartiger, aber wohl tunlicher Einfall gekommen. Wenn man nämlich den Petronio könnte glauben machen, Richter und Advokat seien bestochen, um den Ronco, der zwar ein ungebildeter Bauer, aber brav und nichts als das Opfer tückischer Ränke sei, an den Galgen zu bringen, und sie alle ihre Rolle gut spielten, auch der Advokat sich willig finden lasse, so sei zu verhoffen, daß Don Petronio seine Kraft einsetze, die vermeintliche Unschuld zu retten, so daß ihnen nach einem Kampfe von gewisser Dauer nichts erübrige, als zu ihren eigenen Gunsten nachzugeben.

Das Einverständnis der Beteiligten wurde schleunig hergestellt. Mazzamori und Don Orazio kargten nicht mit dem Gelde, indem sie nicht zweifelten, der Heilige Vater würde ihnen am Schluß reichlich ersetzen, was sie auf die Ausbildung eines so erlesenen Sängers würden verwendet haben. Guidobaldo, der Advokat, trug Sorge, daß Don Petronio durch eine anonyme Zuschrift auf das Unwesen aufmerksam gemacht wurde, dem diesmal ein hilfloser Bauer zum Opfer fallen sollte, und daß die Nachricht von seinem Hauskauf sich verbreitete, und nahm den launigen Glückwunsch, den der Präsident ihm in Gegenwart des versammelten Tribunals dazu machte, händereibend entgegen. Er selbst, sagte der Präsident, habe auch im Sinne, sich eine bescheidene Freude zu machen. Der französische Gesandte, der von seinem König abberufen sei und Rom zu verlassen gedenke, wolle eine goldene Karosse mit vier Pferden verkaufen, und er habe ein Angebot darauf gemacht, wisse aber noch nicht, ob es angenommen sei. Die Summe flüsterte er dem Advokaten lächelnd ins Ohr, wie er denn überhaupt es so einrichtete, daß die Mitteilung als eine vertrauliche, durch den zufälligen Lauf des Gesprächs entlockte erscheinen mußte. Petronio, der die Herren scharf beobachtete, säumte nicht, ihre so plötzlich auftretende Verschwendung mit der schmachvollen Rechtsbeugung in Einklang zu bringen, zu der sie sich dem empfangenen Briefe nach hatten bereitfinden lassen. Um sicher zu gehen, lenkte er selbst die Rede auf Ronco und sagte, mit dem würden sie hoffentlich heute zu Ende kommen; denn man solle darauf halten, in einer so klaren Sache wenigstens keine Zeit zu verlieren. Der Präsident stimmte bei, und der Advokat fügte mit liebenswürdig scherzender Ironie hinzu, er wisse wohl, daß er die Herren Richter, die gern Zeugen einer breiten Entfaltung seiner Beredsamkeit wären, damit enttäuschte, habe aber doch beschlossen, diesmal schlechtweg ohne weitere Worte um ein gnädiges Urteil zu bitten, da er sich mit der Verteidigung eines so verworfenen Übeltäters nicht verunzieren wolle. Das töne anders, sagte Petronio mit Nachdruck, als er, Guidobaldo, sich zuvor habe vernehmen lassen. Er habe damals gesagt, der Grund, der den Ronco zum Morde getrieben haben solle, sei zu geringfügig, um eine solche Untat zu erklären, auch würde ein gemeiner Verbrecher die Bluttat zu leugnen versuchen, um sein Leben zu retten; es lasse sich also erwägen, ob nicht der augenscheinlich halb blödsinnig gemachte Bauer das Werkzeug Mächtiger sei, die sich nebst ihren Absichten und Mitteln im Hintergrunde hielten.

Der Advokat lachte künstlich verlegen: »Da sehen die Herren,« sagte er, »wie weit ich den Pflichteifer getrieben habe! Nun aber scheint es mir besser, an der Grenze der Höflichkeit haltzumachen, die ich euch schulde, Männern, die leicht einsehen, daß Mächtigen nicht mit der Ermordung einer unschuldigen Pächterfamilie noch mit der Hinrichtung eines Ronco gedient sein kann, und daß das, was ich damit vorbrachte, nichts als die Redensarten und Mutmaßungen waren, die ein geübter Advokat stets im Vorrat haben muß.«

»Sie, mein Teurer,« sagte der Präsident mit heiterer Miene gegen Don Petronio, »wittern überall Ungerechtigkeiten, weil Ihr großmütiger Trieb, Verfolgten beizustehen, sich die Gelegenheit zum Handeln schaffen muß. Ach, die Schlechtigkeit ist weniger interessant, als Sie meinen! Erleben wir es nicht alle Tage, daß das rohe Gesindel untereinander rauft und sticht? Wir brauchen keine Fabeln zu erfinden, um das begreiflich zu machen.«

Don Petronio, den nichts mehr beleidigte als wenn man ihn nicht ernst nahm, begann nun einen unmittelbaren Angriff, wobei er sich fortwährend das Ansehen eines ruhigen, unbeeinflußbaren Geistes zu geben suchte. An dem Schicksal des Ronco sei nichts gelegen, sagte er, das sei sonnenklar. Er sei nicht viel mehr als ein Tier, sei es nun, daß Stumpfsinn oder daß Roheit seine Menschlichkeit gestört habe. Man möge nicht glauben, daß er Teilnahme für Ronco habe, für ihn selbst wie für andere sei es vielleicht das beste, wenn er der Zeitlichkeit enthoben würde. Solche Rücksichten würden ihn aber niemals abhalten, der Wahrheit nachzutrachten und das Recht in Ausübung zu setzen. Nur um Recht und Wahrheit handele es sich für alle, nicht um das Wohl von Klägern oder Beklagten, vor allen Dingen nicht um das eigene. Er wolle nichts von jenem Ronco wissen, wolle nicht wissen, ob er Weib und Kind, Verwandte oder Freunde habe. Eine derartige Gesinnung sei zwar dem jetzigen Zeitalter fremd, um so mehr werde er daran festhalten.

Er werde niemals Landgüter kaufen oder Kunstsammlungen anlegen können, vielleicht stifte er nicht einmal Gutes mit seiner Handlungsweise; es sei ihm genug, der Wahrheit und Gerechtigkeit, auf die er verpflichtet sei, ohne Gewinn gedient zu haben.

Die Gegner ließen eine gewisse Gereiztheit merken, und es entspann sich ein Streit, der noch im Gange war, als Ronco vorgeführt wurde. Dieser hatte sich zuvor nie so in Anspruch genommen gesehen, denn Don Petronio ließ jeder Frage, die der Präsident an ihn richtete, eine anders gesetzte folgen, die den Zweck hatte, die bisher listig verschüttete Wahrheit ans Licht zu fördern. So viel hatte der Wilde inzwischen gemerkt, daß man sich von hoher Seite seiner anzunehmen begonnen hatte, ja geradezu auf seine Befreiung hinarbeitete, und seine vielberedete Stumpf- und Roheit hinderte ihn nicht, diese Aussicht als angenehm zu empfinden und seinen Helfern, soweit er sie verstand, in die Hände zu arbeiten. Zuweilen begriff er den Sinn der kreuz und quer an ihn gestellten Fragen so gut, daß er Antworten gab, die die Richtigkeit seiner früheren Aussagen in Frage stellten und eine böse Verwirrung in den bisher so glatten Prozeß brachten. Bei solchen Gelegenheiten warf Don Petronio jedesmal einen ernsten, leidenschaftlich forschenden Blick auf seine Widersacher, die sich scheinbar mehr verwickelten und erhitzten und gegen Ronco heftig und beinahe drohend losfuhren, wodurch sie ihn in eine solche Gemütslage versetzten, die für ihren Zweck eben die richtige war. Denn er fing allmählich an, sich für eine ansehnliche Person zu halten, und wenn er schon vorher mit sich und seiner Untat durchaus zufrieden gewesen war, so glaubte er jetzt vollends, daß er sich nichts von dem großmäuligen Tribunal brauche gefallen zu lassen, das keineswegs besser und wahrscheinlich dümmer sei als er. Er gab nun zwar keine Erklärungen, mit denen sich etwas hätte anfangen lassen, aber er bejahte das, was ihm Don Petronio fleißig in den Mund legte, daß er das Verbrechen nicht aus eigenem Antriebe begangen habe, sondern, daß er dazu angestiftet, eigentlich gezwungen worden sei, aber nicht sagen dürfe, von wem, und schloß damit, man möge ihn zum Tode verurteilen, er sei es zufrieden, doch sei er unschuldig und weniger ein Mörder, als diejenigen sein würden, die ihn an den Galgen brächten.

So schnell indessen gaben die Verschwörer nicht nach, vielmehr stellten sie sich an, als wären sie erpicht darauf, den Ronco zu liefern, und erhoben gegen Don Petronio den Vorwurf, als habe er dem Fuchs, der schon in der Falle gewesen sei, ein Türlein geöffnet und halte sie unnützerweise bei einer nebensächlichen und üblen Sache auf. Dadurch reizten sie diesen immer mehr, so daß er sich fest vornahm, der hehren Wahrheit zum Siege zu helfen, was es ihm auch für Mühe und Verdrießlichkeiten eintragen möchte.

Der Zufall wollte, daß es Don Petronio gelang, einen bisher nicht bekannt gewordenen Umstand zu ermitteln, daß nämlich sowohl der Mörder wie der

Ermordete Besitzer freien Bauerngutes waren und vor Jahren einmal mit dem Herrn, von dem sie das Land in Pacht hatten, in Streit gewesen waren, weil er sie ganz und gar zu abhängigen Pächtern hatte herabdrücken wollen. Es unterlag für Petronio kaum einem Zweifel, daß dieser Herr, ein Aldobrandini, sich der beiden halsstarrigen Männer, die ihm zu trotzen wagten, auf einmal zu entledigen versucht hatte, indem er sie gegeneinanderhetzte, und obwohl er darauf verzichtete, den Schuldigen zu entlarven, der jedenfalls zu mächtig, schlau und gerissen war, um sich fangen zu lassen, so wollte er ihm doch das Opfer abjagen, so wenig es an sich der Teilnahme wert sein mochte.

Mittlerweile hatte der Meister der Kapelle, Don Orazio, eine endgültige Aussprache mit Ronco, der sich auf vieles Zureden bereitfinden ließ, wenn er freigesprochen sein würde, als Sänger in den Dienst des Heiligen Vaters zu treten. Er vermochte nunmehr seine Rolle besser zu spielen und gebärdete sich tagtäglich dreister, so daß das gesamte Tribunal endlich den Augenblick herbeisehnte, wo es die Bürde seines Schützlings würde abwerfen können. Die Freude und Genugtuung war auf allen Seiten gleich groß, als der Freispruch erfolgte, wenn auch der Präsident und der Advokat sich nichts davon merken ließen, sondern Ingrimm und Beschämung zu verhehlen schienen, um sich desto besser zu belustigen, wenn sie unter sich waren.

Einzig Kardinal Mazzamori machte böse Zeiten durch; denn die üble Laune seiner Herrin Olimpia nahm zu, seit er in der Angelegenheit ihres jungen Vetters nichts ausgerichtet hatte. Er mochte noch so sehr beteuern, daß er alles Erdenkliche unternommen habe, ihn zu retten, daß aber die Gerechtigkeit ihren Lauf hätte nehmen müssen, und daß es ihn nicht minder als sie betrübe: sie beharrte dabei, er hätte es sich keine Mühe kosten lassen, weil seine Liebe zu ihr selbstischer Natur sei und nur genießen, nicht wirken oder opfern wolle, und sie bestrafte ihn durch eine durch nichts zu erhellende Traurigkeit. Der Jammer ihrer unglücklichen Tante, sagte sie, habe ihr auf einmal die Augen für das Elend des Lebens eröffnet, so daß sie sich an den irdischen Dingen nicht mehr ergötzen und nur in der Hingebung an Gott einigen Trost finden könne. Wirklich war sie selten mehr zu Hause anzutreffen, sondern hielt sich schwarz gekleidet in Kirchen auf, wo sie bald vor diesem, bald vor jenem Altar sich in Tränen auflöste. Empfing sie den Freund einmal, so forderte sie ihn auf, von geistlichen Dingen mit ihr zu reden, und wenn er ihr auf diesem Gebiete nicht genugtun konnte, hielt sie ihm mit großer Bitterkeit vor, daß er seinen Beruf nicht verstehe, und ließ ihn merken, daß er nicht viel Besseres als ein Heuchler und Betrüger sei. Sie fühlte sich tiefunglücklich und alles dessen beraubt, was früher ihrem Dasein Halt und Inhalt gegeben hatte. Es schien ihr, als sei ihr Mann, von dem sie nun schon lange getrennt lebte, im Grunde viel annehmbarer gewesen als der Kardinal, insofern, als er sich doch für nichts Höheres ausgegeben hatte als er war. Wenn sie sich die Zeit zurückrief, wo Mazzamori ihre Liebe erregt hatte, so vermochte sie in allen jenen Szenen, die zwischen ihnen vorgefallen waren, den Zauber der Poesie nicht mehr zu finden, der sie früher in ihrer Einbildung vergoldet hatte. Was war daran, so dachte sie nun, anderes und Edleres gewesen, als was sich alltäglich in jedem Winkel abspielt und oft genug zu Gelächter und Ekel reizt? Wie sehr sie sich bemühte, etwas Besonderes und Ausgezeichnetes an dem Kardinal zu finden, ihr Gewissen wollte ihr nichts sagen, als daß er eine unkeusche Bestie sei wie die anderen Männer auch, mit dem Unterschiede, daß sein geistlicher Beruf ihn noch dazu zu einem gleisnerischen Lügner machte. Sie hätte ihn am liebsten nicht mehr gesehen; wenn sie ihn zuweilen dennoch herbeiwünschte und seinen Besuch annahm, so tat sie es hauptsächlich, um ihn fühlen zu lassen, was sie von ihm dachte, und wie unglücklich sie sei.

Ein schweres Verhängnis war es für den Kardinal, daß der verdüsterte Gemütszustand der schönen Olimpia sie ihm noch weit liebenswerter erscheinen ließ als früher. Ihr Blick, da er so seelenvoll geworden war, zog ihn mehr an, als es je ihr sinnlich erglühender getan hatte, und ihre demütige Trauer, die ihn hätte abwehren sollen, reizte mit seinem Mitleid und seiner Bewunderung zugleich seine aufrichtigsten Liebesempfindungen. Wieviel reicher und erhabener erschien sie ihm, seit sie seiner nicht mehr bedurfte! Wenn er zusah, wie milde und verständnisvoll sie mit armen Leuten umging – denn sie suchte nun Gelegenheiten, um sich Notleidenden wohltätig zu erweisen –, wenn er hörte, wie klug und frei sie über alle Verhältnisse des Lebens zu reden wußte, so kam sie ihm wie eine Wiedergeborene vor, ihm weit entrückt und doppelt begehrenswert. Er gab sich Mühe, auf ihre neuen Gedankengänge einzugehen, ohne daß er etwas anderes als Spott und Bitterkeit dabei geerntet hätte. Olimpia fand diese Bestrebungen, die nicht der Sache galten, sondern nur ein Ausfluß seiner Verliebtheit waren, lächerlich oder gar abstoßend und wurde durch sie in der Meinung bestärkt, daß der Kardinal ein seichter Heuchler sei.

In der Hoffnung, die ihm Entschlüpfende zu fesseln und ihre weltlichen Interessen wieder ein wenig anzufachen, erzählte der Kardinal ihr von dem wunderwürdigen Sänger, den sein Freund Don Orazio kürzlich kennengelernt und für den päpstlichen Dienst erworben habe. Dieser Sänger sei, erzählte er, durch widrige Schicksalsfälle verfolgt und unter höchst seltsamen Umständen von Don Orazio entdeckt worden, die auch ihm noch Geheimnis wären. Gewiß sei, daß er die herrlichste Stimme besitze, die je ein italienisches Ohr bezaubert habe, und die durch die sorgfältige Ausbildung, der sie jetzt unterzogen werde, noch gewinnen solle. Die Mittel dazu hätten Orazio und er hergegeben, da der Sänger durch die erwähnten Schicksalsschläge mittellos geworden sei; es reue sie aber das Opfer nicht, da jeder Ton aus der gesegneten Kehle edleres Gold als das sei, was sie dafür ausgegeben hätten. Wenn Olimpia ihn zu hören geneigt sei, so wolle er eine Gelegenheit dazu in seinem Hause veranstalten.

Indessen Olimpia war zu sehr in ihre schwermütigen Anschauungen versenkt, um sich irgendwelche Zerstreuungen gefallen lassen zu mögen; nichts war ihr recht, was sie davon entfernte, nur das willkommen, was sie darin bestärkte. Schöner Gesang wäre ihr wohl lieb, sagte sie, aber zu teuer erkauft, wenn sie ihn im Beisein anderer, etwa sogar unter geselligen Zurüstungen hören müsse. Könne der Sänger sie aufsuchen und ihr seine Kunst vorführen, ohne sie in ihrer einsamen Beschaulichkeit zu stören, so wäre es möglich, daß sie Genuß daran hätte. Das wußte der Kardinal nun nicht einzurichten; denn einmal wußte er nicht, ob Ronco, der sich übermütig und habgierig entfaltete, sich ohne weiteres und namentlich ohne die Aussicht beträchtlicher Vorteile dazu verstehen würde, und zudem hätte er für das Benehmen seines Schützlings nicht einzustehen gewagt, wenn derselbe ohne Zwang und Aufsicht allein mit einer Dame gewesen wäre. So mußte er auf eine Gelegenheit warten, um Olimpia mit dem Wundermanne bekannt zu machen, und eine solche bot sich denn auch, als der Gesangmeister, der ihm Unterricht erteilte, seine Stimme für so geschult erklärte, daß seiner Vorstellung bei Hofe nichts mehr im Wege stehe.

Der Papst hatte zur Teilnahme an dem Konzert, das in seinen Gemächern stattfinden sollte, einen kleinen gewählten Kreis musikliebender Freunde um sich versammelt, unter denen Kardinal Mazzamori, als um den Fund so sehr verdient, nicht fehlen durfte. Auch war ihm bereitwillig gestattet worden, seine Freundin Olimpia mitzubringen, die eine Einladung des Heiligen Stuhls auszuschlagen sich denn doch nicht getraute. Sie wählte zwar eine Frisur und Kleidung, die, dunkel und schlicht, gegen die früher von ihr geliebte reichliche Ausschmückung weit abstach, und hielt sich auch bescheiden und fast schamhaft im Hintergrunde; aber daß ihr zartes Fleisch um so lieblicher aus dem Schatten hervorleuchtete, hatte sie durch diese Veranstaltung doch nicht hindern können.

Innozenz war ein feiner, kleiner alter Herr mit einem zierlichen Gesicht, mit etwas undeutlichen Augen, einer gebogenen zugespitzten Nase und einem dünnlippigen, meist freundlichen Munde. Er nahm die Huldigung der Gäste geschwind entgegen und ließ einem jeden einige scherzende Worte zukommen, wobei ihm aber die Ungeduld wegen der bevorstehenden Vorführung anzumerken war. Als es eine Minute über die Zeit war, auf welche man den Sänger bestellt hatte, wurde ein nervöses Zucken um seine Augen sichtbar, und Mazzamori blickte ängstlich von der kostbar verzierten Uhr, die auf dem Marmorkamine stand, zur Flügeltür; er atmete auf, als diese sich öffnete und Don Orazio, eintretend, um die Ehre bat, den Sänger Ronco vorstellen zu dürfen. Ronco hatte sich in der Zeit seiner Vorbereitung eine

Richtschnur seines künftigen Betragens gemacht, die einfach, aber nichtsdestoweniger ausnehmend zweckmäßig war: nämlich den Beifall des Papstes zu erwerben und einzig darauf sein beständiges Augenmerk zu richten. Von diesem Vorsatz beseelt, ging er stracks, die Augen mit einer gewissen eindringlichen Heftigkeit auf das erhabene Ziel gestellt, auf den alten Herrn zu, fiel vor ihm nieder, küßte ihm die Füße und verharrte in dieser Stellung, indem er die Arme vor der Brust faltete. Diese kindliche Gebärde inbrünstiger Hingebung rührte Innozenz so sehr, daß er unwillkürlich die Lippen auf die Stirn und die Hände auf die breiten Schultern des vor ihm knienden Mannes drückte, worauf er ihn mit ermunternden Worten begrüßte und aufzustehen und sich zu setzen aufforderte. Fast fürchtete der alte Herr, das erschütternde Gefühl, sich zum erstenmal in seiner Gegenwart zu befinden, könne den Sänger der Macht über seine Kehle berauben; es zeigte sich aber, daß der starke Mann mit der Hingebung die Unbefangenheit eines Kindes vereinte, denn ohne durch das leiseste Zittern beeinträchtigt zu werden, rollten die ersten Töne wie große glänzende Perlen in den Saal. Infolge einer Anordnung des Orazio sang er zuerst das Volkslied, das er und Mazzamori im Gefängnis von ihm gehört hatten, und das ohnehin als etwas Neues und Befremdliches Aufsehen erregte und Eindruck machte.

Es war, als ob der Stab eines Zauberers die Herzen der Zuhörer berührt habe; einem jeden tauchten liebe Träume auf, allerschönste Augenblicke, deren sie sich erinnerten oder die sie erhofften, und die einen süßeren Duft aushauchten, als der zerkleinernden Wirklichkeit übrigzubleiben pflegt. Olimpia überkam ein gewaltsamer Schmerz, der aber nicht niederdrückend war wie der, dem sie seit vielen Wochen in wechselnder Art hingegeben war, sondern durchdringend und angenehm, als eine Kraft, die sie über das gemeine Leben emporzutragen schien. Sie fühlte, was sie einst als Mädchen gewesen war, was sie von der Zukunft erwartet und was sie selbst hätte leisten und erringen wollen, und mit der schrecklichen Einsicht zugleich, wie weit sie von diesem Ziele abgewichen war, glaubte sie zu wissen, daß es nur auf sie ankomme, wieder die reine, starke und freudige Seele von damals zu werden. Sie hörte nicht auf, ihre Beziehungen zu Mazzamori zu bereuen, aber sie tadelte sich in diesem Augenblick, daß sie ihn mit Härte behandelt hatte, da doch nicht er allein, sondern auch sie gesündigt habe, und da er ihr doch nicht die Möglichkeit rauben könne, aus den Irrwegen, auf die er sie geführt, zur Klarheit aufzusteigen. Es erschien ihr wie ein Wunder, daß sie trotz ihres Widerstrebens in die Nähe des Mannes gebracht worden war, dessen Stimme ihr so tröstlich wurde, und der ihr dadurch fast wie ein Abgesandter Gottes erscheinen wollte. Aus dem Winkel, wo sie Platz genommen hatte, konnte sie ungestört seine heldenhafte Gestalt bewundern und das dunkle Antlitz, dessen Wildheit sie erbeben machte.

Ronco war bei der sorglichen Pflege, die er sich seit geraumer Zeit hatte angedeihen lassen können, nur auf die Art schöner geworden, wie aus einem schäbigen hungrigen Wolf ein wohlgenährter wird; aber dies genügte um auf aller Augen einen blendenden und überwältigenden Eindruck zu machen. Die Begeisterung war allgemein; doch machte niemand dem Heiligen Vater das Recht streitig, sie zuerst zu äußern. Der kleine Herr saß mit geröteten Wangen da, klopfte hie und da in die Hände, rief: »Bravo! bravo!«, wiegte den Kopf und unterbrach auch wohl den Gesang mit Ausrufen des Entzückens: »Ah! Welcher Ansatz! Welche Süßigkeit! Welche Erfindung!«, wenn die Kadenzen wie aus dem Füllhorn des Überflusses aus seinem Munde strömten. Es vermehrte die Bewunderung Olimpias, daß der Sänger keinen Blick auf die Gesellschaft, geschweige denn in ihren Winkel warf; er schien nur für den Heiligen Vater da zu sein und auf seinen Wink zu singen oder zu schweigen. Einem Erzengel mußte sie ihn vergleichen, der, in voller Pracht gerüstet, demutvoll den Befehl des Herrn der Heerscharen erwartet.

Erst als die Gesellschaft aufstand und auseinanderging, fiel ein Blick des Sängers auf sie, der mehr als Gleichgültigkeit, der niederschmetternde Verachtung auszudrücken schien. Sie schloß daraus, daß er wisse, in welchen Beziehungen sie zu Kardinal Mazzamori gestanden habe, ja seiner Meinung nach noch stehe, und daß er sie aus diesem Grunde für eine Verworfene halte, was sie ja im Grunde auch sei.

In Wirklichkeit hatte der Sänger weder sie noch sonst eine von den Zuhörerinnen beachtet, da es ihm zunächst nur um den Papst zu tun war und er überhaupt an den vornehmen Damen noch keinen Geschmack gewonnen hatte. Allmählich jedoch stellte sich das Verständnis dafür ein, und nunmehr konnte ihm die Verehrung nicht unbemerkt bleiben, mit der die schöne Olimpia zu ihm aufblickte. Es schmeichelte ihm nicht wenig, daß die Geliebte des Kardinals Mazzamori ihn diesem angesehenen, einflußreichen, liebenswürdigen und gebildeten Manne vorzog, den zu beleidigen er ohnehin einen lebhaften Antrieb in sich verspürte. Je mehr seine Stellung beim Papst und in Rom sich befestigte, desto unleidlicher wurden ihm die beiden Herren, denen seine Vergangenheit so wohlbekannt war, so daß er mit dem Gedanken umging, sie, wenn sich ein Anlaß böte, aus Rom zu entfernen.

In den ersten Tagen, die dem Konzert folgten, war Mazzamori hochbeglückt über den Erfolg. Schien es doch die geliebte Frau weich und zugänglich gestimmt zu haben. Um so schneidender war seine Enttäuschung, als sie ihm, wenn auch in gütigen Worten, ihren unerschütterlichen Entschluß mitteilte, jeden Verkehr mit ihm abzubrechen, da sie ein neues, reineres Leben in Gott nunmehr beginnen wolle.

Da er sah, daß jeder Versuch, sie ihrem Vorsatz abtrünnig zu machen, scheiterte, ergab er sich und rang bereits mit dem Plane, ihr nachzueifern, um ihr wenigstens in den Regionen der Entsagung wieder zu begegnen, als er durch Neckereien Bekannter auf die zarten Fäden aufmerksam gemacht wurde, die zwischen dem Sänger und der Büßerin hin und her gingen. War er auch überzeugt, daß bei Olimpia nichts vorlag als die Schwärmerei einer empfänglichen Seele für die Stimme, in der etwas Göttliches sinnfällig zu werden schien, so zweifelte er doch billig, ob der gewalttätige Bauer einer ähnlichen Erhabenheit der Empfindung fähig sei, dem er vielmehr die Absicht zutraute, das Weib in die Niederungen seiner Sinnlichkeit herabzuziehen.

Dies wurde ihm zur Gewißheit, als verlautete, der Sänger habe vor einigen Tagen um Urlaub gebeten und solchen auch erhalten, um irgendwo am Meere oder im Gebirge seine Stimme zu schonen, was zu deren Erhaltung von den Ärzten für durchaus notwendig erklärt worden sei. Außer sich eilte der Kardinal zum Papste, um ihn darüber aufzuklären, welche Gefahr seiner Meinung nach eine edle Freundin bedrohe, und wie freventlich die Güte des huldvollen Gebieters mißbraucht werde.

Der alte Herr merkte kaum, daß es sich um einen Angriff auf seinen Liebling handelte, als seine Lippen sich ärgerlich zusammenkniffen. Er selbst litt unter dessen bevorstehender Abwesenheit, hatte seiner Bitte aber dennoch willfahrt und ein Beispiel der Selbstverleugnung gegeben; mußte er dem geistvollen Zauberer nicht einmal ein Abenteuer, in dem er sich austobte, gestatten? War er doch selbst jung gewesen! Und wieviel mehr als ein anderer bedurfte der Feurige, der Zündende, der Verschwender Zufuhr neuer Kräfte, die ihm, dem Papst, und allen, die ihn hörten, wieder zuteil werden würden! Wenn er sich vorstellte, wie der löwenhafte Mann das erstemal, die Arme über der Brust gekreuzt, vor ihm niedergekniet war, so pflegten ihm Tränen in die Augen zu treten. Niemals war er seitdem von dieser kindlichen und ritterlichen Hingebung abgewichen. Obwohl hitzigen Temperaments und hochfahrenden Sinnes, wie er denn im Umgang mit anderen Menschen oft durch zügellose Laune und Grobheit überraschte, nahte er sich ihm, dem Heiligen Vater, dem zierlichen kleinen Manne, nie ohne Unterwürfigkeit, nahm er von ihm jeden Tadel mit Bescheidenheit und Geduld entgegen und rief in jeder Angelegenheit sein Urteil als das höchste, gleichsam von Gott selbst ausgefertigte an, dem sich zu beugen ihm augenscheinlich sowohl Lust wie Pflichtgebot war.

Indem er sich in seinem Sessel zurücksetzte, betrachtete Innozenz den Kardinal erstaunt und bat um eine Erklärung des Anteils, den er an dem Urlaub und der Reise des Sängers nähme. Ein wenig errötend sagte der Kardinal, es sei dem Heiligen Vater vielleicht nicht bekannt, daß Ronco den Ausflug in Begleitung einer Dame zu machen gedenke, einer Dame, mit der er weder in verwandtschaftlicher noch in ehelicher Beziehung stehe, soviel ihm bekannt sei.

»Und was weiter?« fragte der Papst kühl. »Sollten Sie, mein Freund, niemals, eine Reise mit Damen ohne verwandtschaftliche Beziehung unternommen haben? Oder wenn Sie, ein Geistlicher, ein Diener Gottes, es nicht getan haben, warum sollten Sie einem Sänger diese Freiheit mißgönnen?«

Der Kardinal zitterte vor Verlegenheit, Angst und Enttäuschung. »Verzeihen mir Eure Herrlichkeit,« sagte er, »wenn die Sorge um eine Frau, die mir teuer ist, und über deren Heil zu wachen ich mich verpflichtet halte, mich zu weit hingerissen hat.«

Bevor er noch mehreres hinzufügen konnte, unterbrach ihn der Papst, indem er sagte: »Gut, gut! Überlassen Sie es mündigen Frauen, sich selbst zu schützen, wenn sie überhaupt des Schutzes bedürfen oder ihn wünschen. Ich habe es stets so gehalten, daß ich meinen Untergebenen in Familiensachen freie Hand ließ, denn dies ist der Punkt, wo aus Herrschaft Tyrannei würde.«

Nach dieser Zurechtweisung wurde der Kardinal nicht ungnädig entlassen; ja, der Heilige Vater zeichnete ihn beim nächsten Empfang mit liebenswürdigen Worten aus; aber als er nach einigen Tagen an die Spitze einer Mission zur Bekehrung der Heiden in Japan gestellt wurde, konnte er nicht umhin, darin mehr den Wunsch des Papstes, ihn zu entfernen, als einen Beweis seiner Hochachtung zu sehen.

Das Bewußtsein seiner Untauglichkeit zu einer solchen Aufgabe war so stark in ihm, daß er es wagte, dem Papst seine Befürchtungen dieserhalb zu unterbreiten; doch beruhigte ihn dieser mit dem Hinweis auf seine mannigfachen Talente, denen, wenn sie der Glaubenseifer unterstütze, nichts unmöglich sein werde, und auf die Märtyrerkrone, die er sich im besten Fall erwerben könne.

Don Orazio hielt sich etwas länger, schließlich jedoch wußte der unentwegte Ronco auch ihn zu stürzen, indem er ihn durch fortwährende Widersetzlichkeiten und Kränkungen dahin brachte, sich beim Heiligen Vater über ihn zu beklagen. Als dieser ihn damit abwies und ihm vielmehr empfahl, sich einem so herrlichen Künstler, der Zierde seines Hofs, gegenüber nicht zu überheben, brauste Orazio auf und rief aus: »Wie? Von diesem Vieh, das ich aus dem Morast gezogen habe, soll ich mich ungerecht verhöhnen lassen?«, mit welcher unbesonnenen Äußerung er die Gunst seines Herrn vollends verscherzte. Denn wie er sich wegen des beleidigenden Ausdrucks rechtfertigen wollte, bedachte er, daß er den wahren Hergang seiner Bekanntschaft mit Ronco nicht wohl enthüllen konnte, ohne sich in verhängnisvolle Mißhelligkeiten zu verwickeln, und mußte, da er sich über sein Benehmen nicht ausreden konnte, als verleumderischer Schwätzer oder ungezähmter Tollkopf dastehen. Die es gut mit ihm meinten, waren der Ansicht, daß er es noch für Gnade und Glücksfall ansehen müsse, als der Papst ihn nach dem kleinen Hofe von Lucca empfahl, wo er zwar in schmalen Verhältnissen, aber doch ohne Not und Gefährdung sein Dasein fristen konnte.

Schlimmer und besser zugleich erging es seinem Freunde Mazzamori, der zwar mancherlei Entbehrungen und Todesgefahr zu bestehen hatte, aber, wenn solche vorübergegangen war, auch Augenblicke bisher unbekannter Seligkeit feierte, und über dessen liebe und traurige Vergangenheit die vielen absonderlichen Eindrücke, die er empfing, einen bunten Schleier webten, der sie undeutlich machte. Zuweilen, wenn er in fremder Einsamkeit am Gestade des Ozeans zwischen namenlosen Riesenbäumen und vorüberhuschendem Getier in der Dämmerung sich erging, erinnerte ihn, er wußte nicht wie, ein lieblicher Himmelsglanz zu seinen Häupten an die schmalen länglichen Cherubsaugen jenes jungen Lancelotto, mit denen er frei in paradiesischen Sphären auf die verlassene Erde hinabsehen wollte. Vielleicht, dachte er, lächelt er über die Verworrenheit, in die wir armen Toren verstrickt sind, wenn er sich nicht lange schon ermüdet weggewendet hat zu den gelösten Geheimnissen der Weltregierung. Auf Augenblicke schwieg dann das Heimweh nach der goldenen Küste Italiens, das ihn in Stunden, wo er allein war, zu beschleichen pflegte, und er dachte mit bänglicher Sehnsucht an die Märtyrerkrone, die seine Arbeit unter den bösen Heiden ihm eintragen konnte, und die vielleicht, von unsichtbaren Händen bereit gehalten, schon über ihm schwebte.

Der neue Heilige

Im Küchengarten des Kapuzinerklosters in München gingen zwei der vornehmsten Väter, Pater Gumppenberg und Pater Wildgruber, in ernstlichem Gespräch über die schweren Zeitläufe zwischen den an Stangen hochgezogenen Bohnen auf und nieder. »Es tut nicht gut,« sagte Pater Gumppenberg, »wenn die Frau stärker ist als der Mann, im Bürgerhause so wenig wie auf dem Fürstenthrone, das habe ich immer gesagt und darum die savoyische Heirat widerraten. War es nicht vorauszusehen, daß sie mit ihren welschen Dienern und ihrer welschen Pracht einwirken und mit ihrem welschen Gespreiz alles und jedes bei unserem guten Herrn durchsetzen würde?« Es hatte nämlich vor einigen Jahren der Kurfürst Ferdinand Maria die schöne, stolze und kluge Henriette von Savoyen geheiratet, die zwar in kirchlicher Gesinnung niemandem nachstand, aber den Bedarf dazu von jenseits der Alpen in Gestalt verschiedener Geistlicher italienischer und französischer Herkunft mitgebracht hatte, unter denen ihr Beichtvater Filiberto aus dem Orden der Theatiner der hervorragendste war. »Der Anstand würde erfordern,« fuhr Pater Gumppenberg fort, »daß diese Fremden sich in die Gebräuche unseres Landes zu schicken suchten; anstatt dessen fahren sie naserümpfend daher wie Eroberer und möchten das wohlerprobte einheimische Wesen mit ihrem scheckigen Tändelkram austapezieren. Es sind bald hundert Jahre her, daß unsere Stadt und unser Fürstenhaus unter dem Schutze des heiligen Benno nicht nur in gutem Zustande verharren, sondern erst recht zu florieren angefangen haben, wie denn auch unser seliger Herr, der verstorbene Kurfürst, ihm allezeit die Ehre gegeben und es an Dank und Verherrlichung nicht hat fehlen lassen. Auch wir haben uns den Dienst des uralten deutschen Heiligen angelegen sein lassen, obwohl wir absonderlich auf den heiligen Franziskus Seraphikus, diesen hochberühmten, eigentlich aus Gottes Geiste geborenen Himmelsmann, verpflichtet sind, und haben also doppelte Ursache, von den Welschen, die über uns gekommen sind, ohne daß wir ihrer bedürfen, die gleiche Unterordnung zu verlangen. Mögen sie in der Stille verehren, wen sie wollen; unerträglich aber müßte es jedem gläubigen Bayernherzen sein, wenn wir in der altheiligen Frauenkirche einen neumodischen Altar für einen gewissen Cajetan sich spreizen sähen, der uns so wenig angeht wie ein Derwisch oder Mufti der Heiden im Orient.«

Pater Wildgruber nickte nachdrücklich und fügte hinzu: »Meine sorgfältigen Erkundigungen haben bestätigt, was ich dir schon sagte, daß dieser Cajetan erst kürzlich vom Heiligen Vater selig gesprochen ist, auf das beschwerliche Drangsalieren der adeligen Familie, die ihn zu ihren Verwandten zählt und ihre schäbige Herrlichkeit mit seinem Namen ausputzen möchte. Dergleichen Adel ist, wie du weißt, über den Bergen billig wie der Kies im Bache zu haben. Es mag sein, daß der gute Mann aus Vicenza sich ein Verdienst um jenes Völkchen erworben hat, als er den Theatinerorden stiftete, in den nur Leute seinesgleichen aufgenommen wurden, die dort eine ansehnliche Versorgung finden. Wenn sie es dabei bewenden lassen und sich ruhig verhalten, wohl und gut, so mag man es ihnen gönnen; ein anderes ist es, wenn sie ihren Familien- und Standespatron uns hierorts als Heiligen aufdrängen und das Volk zu dieser fremdartigen, übelberufenen Verehrung anlocken wollen. Dergleichen Seltsamkeit dürfen diejenigen, die Gott zu Hütern seiner Schafe bestellt hat, nicht einschleichen lassen.«

Die herzhafte Zustimmung seines Freundes erheiterte Pater Gumppenberg, so daß er stehenblieb, eine Ranke der kletternden Bohnen zu sich bog und den Ansatz der angenehmen Frucht, die sich zeigte, auf ihr Wachstum untersuchte. »In acht bis vierzehn Tagen, denke ich, können wir ein erstes Bohnengericht auf unserer Tafel sehen,« sagte er behaglich. »Unser Himmel reift die Gottesgabe langsam, ist es aber so weit, dann hat sie eine gediegene Würze, die sich nach meinem Urteil über alle die gepriesenen Erzeugnisse der Fremde erhebt.«

Auch hierin war Pater Wildgruber derselben Meinung. »Ich bin nicht von denjenigen,« sagte er, »die ohne einen Tropfen französischen oder welschen Weines die Mahlzeit fade finden; unser braunes Bier mag es mit dem vielbeliebten Traubenstoff wohl aufnehmen, ja, indem es das Blut nicht erhitzt, sondern kühlt, und den erwünschten Schlaf herbeiführt, anstatt die Sinne zu kitzeln, ist es aus erheblichen und auch gottgefälligen Gründen dem kostbaren Nebenbuhler wohl noch vorzuziehen.«

Weiterschreitend gingen die frommen Männer zu der Erwägung über, wie der von seiten der welschen Geistlichen drohenden Gefahr füglich entgegenzuarbeiten sei. »Ich schrecke«, sagte Pater Gumppenberg, »keineswegs davor zurück, unserem Herrn, dem Kurfürsten, eine dringliche Vorstellung zu machen; habe ich doch auch das Antlitz seines gestrengen Vaters nicht gefürchtet, da ich mich im Schutze Gottes und seiner Heiligen sicher fühle.«

»Du hattest es damals nicht mit einem Weibe zu tun,« gab Pater Wildgruber zu bedenken, »einem Weibe, das ich ganz und gar der Dalila vergleichen möchte, wenn auch unser hochgeliebter Herr, der Kurfürst, nichts mit dem Helden Simson gemein hat als die Bezauberung durch seine Gemahlin.«

»Es ist meine Pflicht, mich durch nichts von dem abhalten zu lassen, was zum Heil unserer Kirche notwendig ist, am wenigsten durch ein Weib,« sagte Pater Gumppenberg gefaßt, indem er seinen schwärzlichen, mit vielen grauen Haaren durchschossenen Vollbart über der breiten Brust auseinanderstrich; »es wird verhoffentlich nicht ohne Eindruck bleiben, wenn ich den Geist seines hochseligen Vaters berufe, um meine Vorstellungen zu unterstützen.«

Für den jungen Kurfürsten, der in seinem Vater das Abbild Gottes auf Erden verehrt hatte, war die Anrufung desselben überwältigend, und er wagte nicht leicht etwas durchzusetzen, wenn man ihn glauben machte, daß es seiner Gesinnung zuwider sei. Freilich bekämpfte den erhabenen Schatten seit seiner Vermählung das lebendige Auge der geliebten Frau, allein er getraute sich in wichtigen Dingen noch nicht immer dieser neuen, allzu reizenden Kraft nachzugeben, weil es ihm unglaubhaft schien, daß irgend jemand, und nun sogar ein junges Weib, seinem gewaltigen Erzeuger in etwas sollte überlegen sein können. Demgemäß erwiderte er dem Pater Gumppenberg auf dessen eindringlichen Vortrag, es sei ihm unbekannt gewesen, daß das Volk der Einführung des neuen Heiligen so sehr entgegen sei; ein vortrefflicher Künstler habe zwar den Entwurf zu einem Altare ihm bereits vorgelegt, die Genehmigung habe er aber noch nicht erteilt und werde die Sache einstweilen ruhen lassen, bis die Vortrefflichkeit des vicentinischen Cajetan in Bayern besser bekannt und bezeugt sein werde.

Ein wenig betreten begab er sich in das nach dem neuesten italienischen Kunstgeschmack erst kürzlich fertiggestellte Wohnzimmer seiner Gemahlin, bei der er zu seinem Troste Pater Filiberto anwesend fand; denn obgleich dieser der Kurfürstin selbst einflüsterte, was sie in bezug auf die Religion und die Geistlichen ihrer Heimat verlangen solle, suchte er doch immer zu begütigen, wenn der Kurfürst in seiner Gegenwart darüber verdrießlich wurde, im Vertrauen darauf, daß der Streit sich hernach weiterspänne und zu dem erforderten Zwecke führe. Henriette Adelaide nahm die Botschaft ihres Mannes, die er unter mancherlei Scherzen vorbrachte, unwillig entgegen und sagte: »Das kann ich am wenigsten leiden, daß du deine eigene Einsicht geringer anschlägst als die des Pater Gumppenberg, des ungeschlachten Dickschädels. Glichen alle Menschen dir, so würde die Stadt München in Ewigkeit nichts anderes werden als ein Häuflein bäurischer Hütten um die barbarische Ausgeburt der Frauenkirche herum. Soll etwa jeder Christ zwischen Spanien und Rußland zu jenem Benno beten, dessen Knochen man in nordischen Urwäldern zwischen den Knochen von Bären und Auerochsen zusammengelesen haben wird?«

»Er hat doch«, sagte Ferdinand Maria, »vor deinem Cajetan das voraus, daß er ein regelrechter Heiliger ist, während jener, wie ich höre, nur der Seligsprechung wert befunden wurde, ihm also doch wohl etliche schätzenswerte Qualitäten abgehen müssen.«

»Das haben dir die Schelme weisgemacht!« rief Henriette Adelaide heftig. »Die Heiligsprechung wird seinerzeit schon erfolgen, und wenn Cajetan nur eine gute Tat getan hätte, die beglaubigt ist, so gälte das mehr als hundert Wundertaten eines Benno, die niemand mit angesehen hat, und von dem niemand beweisen kann, ob er überhaupt gelebt habe.«

Hier legte sich Filiberto ins Mittel, indem er mit liebenswürdigem Lächeln einschaltete, daß daran wohl kein Zweifel obwalten dürfe, da Papst Hadrian im Jahre 1523 den würdigen Bischof und Heidenbekehrer unter die Heiligen gestellt habe; indessen müsse er auch bestätigen, was die Kurfürstin mit ihrem hohen Geiste bereits festgestellt habe, daß die Heiligsprechung des Cajetan der Seligsprechung sicher nachfolgen werde, so daß man sie schon für geschehen annehmen könne. Er für seine Person müsse jedoch sagen, wenn ihm eine Meinung gestattet sei, daß der Kurfürst tiefdurchdachte Regierungsweisheit an den Tag lege, wenn er es vermeiden wolle, durch stürmisches Vorgehen Ärgernis in seinem treuen Volke zu erregen; die Kraft, die dem heiligen Cajetan innewohne, sei so groß, daß sie sich selbst durchwirken und ihn bei jedermann beliebt machen würde.

Es werde nie zu befürchten sein, sagte Henriette Adelaide, indem sie den stolzen Mund ein wenig spöttisch verzog, daß ihr Gemahl stürmisch vorgehen werde. Sie würde also darauf verzichten, die vandalische Halle der Frauenkirche durch ein geläutertes Kunstwerk verschönt zu sehen. Ihr könne es im Grunde gleich sein, da sie diese Kirche, deren grobe nordische Bauart ihr nun einmal zuwider sei, sowieso nicht besuche, und für die Theatiner und den heiligen Cajetan könne anderweitig gesorgt werden, indem man ihnen eine besondere Kirche baue, was denn besser und gründlicher sei als ein bloßer, unwillig im fremden Raume geduldeter Altar. Sie warf diesen überraschenden Plan nicht ohne Schelmerei hin, ließ aber nur ein wenig davon aus den beredten Augen und von dem ernsten Munde lächeln und trat voll Unbefangenheit an das Fenster, indem sie sagte: »Es ist hier gegenüber Platz genug, um einen großen Entwurf ins Werk zu richten. Eine weite Kuppel und ein paar schmuckreiche Türme nach römischer Art wären mehr geeignet, unser Auge zu erfreuen, als die Wüstenei, aus der wie die Buckel erschöpfter Kamele hie und da ein paar steile Dächer steigen.« Ferdinand Maria blickte zunächst nicht aus dem Fenster, sondern auf die aufrechte Gestalt seiner Frau und sagte zwischen Erstaunen und Bewunderung schwankend: »Meine Teure, du bist eine neue Semiramis, und ich fürchte nur, daß mein armes München und vielleicht auch dein armer Gatte dir zu klein seien. Wie soll ich eine Kirche ausrichten, da ich schon mit dem Altar angestoßen habe?«

»Für den, der will,« entgegnete sie, »gibt es keine Hindernisse; aber nicht ein jeder kann wollen.«

Der Beichtvater, dem es an der Zeit schien, die Gatten sich selbst zu überlassen, pries sowohl die fürstliche Gesinnung seiner Herrin wie die landesväterliche Bedächtigkeit des Kurfürsten, worauf er um die Erlaubnis bat, sich zurückziehen zu dürfen.

»Möchtest du nicht auch lieber Beherrscher einer prächtigen Stadt als eines veralteten Dorfes sein?« fragte Henriette Adelaide ihren Gatten, als sie allein waren. »Wir genießen des Friedens, wir können das Geld nach unserem Herzen ausgeben. Richten wir uns denn eine schöne Wohnstätte her, wie sie uns behagt, nicht jenen Mönchen, die keine Nasenlänge über ihren Rosenkranz hinausblicken können.«

»Ach,« sagte der Kurfürst, indem er einen komischen Seufzer ausstieß, »wenn ich bedenke, wie kurze Zeit wir in dieser Wohnstätte bleiben werden, so scheint es mir, daß wir ein wenig zu viel Lärm darüber vollführen, ob sie so oder so gestaltet ist.«

Die Kurfürstin maß sein feines junges Gesicht mit dem äußersten Erstaunen und erst nach einer Minute mit aufgehendem Verständnis seiner Rede. »Wenn du so willst,« sagte sie, »sollte man freilich in Blockhäusern leben und nichts als Pyramiden zu dauerhafter Versorgung seiner Leiche bauen.« Sie setzte sich bei diesen Worten neben ihn auf die steife Lehne eines Damastsessels und küßte ihn mit zärtlicher Behutsamkeit auf die wohlgebildeten roten Lippen. »Du hast eine seltsame Art, das Leben anzusehen,« sagte sie, »mit welcher man nicht viel ausrichten kann. Wer möchte denn Kinder erzeugen, wenn man beständig vor Augen hätte, daß er sie vielleicht morgen verlassen muß?«

Aus seinen dunklen Augen fiel ein warmer Strahl auf ihr lachend ihm zugeneigtes, schönes Antlitz, und er sagte: »Du hast recht, weil du stark und gesund bist und Gott und dir vertraust. Darum mag ich auch entschuldigt sein, wenn ich dir schon mehr nachgegeben habe, als deinem Fürsten und Eheherrn geziemt.« Unter mancherlei Neckereien und Scherzen zog sie ihn an das Fenster, um ihm die dürftige Umgebung zu weisen und den Einfall, den der Augenblick ihr gebracht hatte, zu einem verlockenden Plane auszumalen. Obwohl das Herz des Kurfürsten gestimmt war, sich durch die Unternehmungslust seiner Gemahlin hinreißen zu lassen, so hielt er doch mit der endgültigen Zustimmung vorsichtig zurück. Bei sich bedachte er, daß sie beide vor seinem Volke anders dastehen würden, wenn er ihm erst einmal einen Erben vorzustellen hätte, sprach dies aber nicht aus, da er wohl wußte, wie übel sie es aufnahm, wenn man sie daran wie an eine versäumte Schuldigkeit mahnte. Auch ging es ihm zuweilen durch den Sinn, daß er vielleicht von Gott nicht bestimmt sei, sich fortzupflanzen; denn er hatte sich von jeher im Vergleich mit seinem bewunderten Vater als einen schwachen, unwerten Sproß gefühlt; oder er dachte, daß es der Kurfürstin an der rechten Liebe zu ihm fehle, und daß diese Ungeneigtheit der Seele auch ihren Leib gegen ihn verschließe, so daß sie kein Kind von ihm empfangen könne. Diese traurige Einbildung hatte er einmal, einer wehmütigen Stimmung nachgebend, ihr gegenüber laut werden lassen, da sie ihn aber ausgelacht und ihn einen Phantasten genannt hatte, kam er nie wieder darauf zurück; im stillen hatte er gehofft, sie werde ihm eine liebevollere Antwort daraus geben.

Die Zurückhaltung ihres Gemahls veranlaßte Henriette Adelaide nicht, auf ihren Einfall zu verzichten; vielmehr schrieb sie ihrer Mutter, der Herzogin von Savoyen, sie möge ihr ohne Säumen einen erfahrenen Baumeister schicken, der die jüngsten Meisterwerke der Kirchenbaukunst namentlich in Rom durch und durch studiert habe und willens und fähig sei, seinen Geist auf eine außerordentliche Erfindung dieser Art zu richten. Kaum war derselbe eingetroffen, so mußte er den Platz, den sie ausgewählt hatte, besichtigen und die Zeichnungen und Risse vorlegen, mit deren Besichtigung sie manche Stunde in ihren Gemächern verbrachte, was alles den Personen, die einige Wachsamkeit auf das öffentliche Leben richteten, nicht verborgen blieb. Es währte nicht lange, so stellte sich Pater Gumppenberg von neuem ein mit kummervoller Anfrage, ob es denn an dem sei, daß dem seligen Cajetan nunmehr nicht nur ein Altar, sondern ein ganzer Kirchenbau errichtet werden solle, und zwar dem Schlosse preislich gegenüber, gerade als ob ein sonderbares Einvernehmen zwischen dem Kurfürsten und dem landsfremden Neuling bestehe? Was für Ursache denn der Kurfürst habe, mit den bewährten Schutzheiligen des Bayerlandes, die bisher alles so wohl geführt hätten, unzufrieden zu sein oder ihnen einen hohlen Namen von jenseits der Berge vorzuziehen?

In dem Bestreben, die Verlegenheit, die ihn überkam, nicht merken zu lassen, winkte Ferdinand Maria beruhigend mit der Hand und sagte mit nachdrücklicher Unbefangenheit, da sei kein Anlaß zu Mißtrauen und Empfindlichkeit! Die Sache sei so: Er habe dem heiligen Cajetan gelobt, wenn ihm durch seine Fürbitte ein Erbe geschenkt werde, so wolle er ihm unweit seiner Residenz eine Kirche aufrichten, so schön er irgend vermöge, und damit er, wenn es so weit sei, sein Wort lösen könne, habe er einstweilen die Örtlichkeit besichtigen und einen Voranschlag machen lassen, so daß der Bau ohne Zeitverlust könne in Angriff genommen werden, wenn der Erbe da sei.

Bei sich selbst lachte der Kurfürst über die stattliche Antwort, die ihm in der Not eingefallen war, und die den strengen Pater augenscheinlich verblüffte und verstummen machte; allein er erholte sich geschwind und ließ nun eine verdoppelte Mißbilligung und strafenden Eifer ohne Hehl merken. Es habe zwar, sagte er, gewiß dem Kurfürsten Gott eingegeben, daß er durch ein frommes, christkatholisches Gelübde sich den Segen der Nachkommenschaft erflehen wolle; wie er es aber verantworten wolle, von den Übungen seiner löblichen Vorfahren eigenmütig abzuweichen? Auch seine hochselige Mutter, die gottergebene Kurfürstin Maria Anna, habe bei dem ehrwürdigen Alter ihres Gemahls um die Fruchtbarkeit ihrer Ehe besorgt sein müssen; sie habe aber ihre Zuflucht nicht zu ausländischen Meerwundern genommen, sondern sei in Demut und Sitte nach Alt-Ötting gepilgert und habe der hölzernen Maria in der alten Kapelle viele auserlesene Kostbarkeiten gestiftet, worauf sie denn zum Troste des ganzen Bayerlandes schwanger geworden sei und ihn selbst, Ferdinand Maria, geboren habe. Wenn seine Gemahlin dem Beispiel seiner erlauchten Mutter folgen wollte, so würden die erprobten Heiligen und Fürbitter an ihr gewiß kein geringeres Wunder als an jener vollziehen, und die bekümmerten Untertanen würden, der Sorge entledigt, wieder ruhig in ihren Betten schlafen können. Wenn dann die erwartete Gnade nicht einträfe, möchte die Kurfürstin es immerhin mit ihren einheimischen Patronen versuchen, er würde der erste sein, seine Gebete zum Gedeihen des Werkes mit denen der geliebten Herrschaft zu vereinigen.

Das Heranziehen seiner in Gott ruhenden Eltern bewegte das Gemüt des Kurfürsten so sehr, daß er für den Vorschlag des Pater Gumppenberg völlig gewonnen wurde und erst, als dieser fortgegangen war, mit leisem Bangen den Widerstand seiner Frau in Betracht zog. Freilich zog sie die feinen schwarzen Brauen ärgerlich zusammen, aber mehr deswegen, weil das Unternehmen nicht von ihr oder ihrem Beichtvater ausgegangen war, als weil sie ihre Pflicht verkannt hätte, dem Lande einen Kurprinzen zu geben und alles Erdenkliche zu tun, um das hohe Ziel zu erreichen. Auch hätte ihr eine schöne Wallfahrt, etwa nach Loreto, als das rechte Mittel voll eingeleuchtet; aber daß ein armseliger bäurischer Ort wie Alt-Ötting für eine Person ihrer Art das Angemessene sei, hielt sie nicht für wahrscheinlich und lehnte dies mit Entschiedenheit ab, ohne jedoch die Sache selbst von der Hand zu weisen. Schließlich erklärte sie sich bereit, nach Andechs zu pilgern, welches zwar bei weitem wilder und wüster gelegen war als Alt-Ötting, für sie aber den Vorzug hatte, daß es ihr nicht von den Kapuzinern aufgedrängt, sondern aus freien Stücken von ihr erwählt war. Ebenso widersetzte sie sich allen anderen Anordnungen, die Pater Gumppenberg zu vorschriftsmäßiger Veranstaltung der Reise für nötig hielt. Er sagte nämlich, den letzten, beschwerlichen Aufstieg zum heiligen Berg, welcher etwa eine Stunde dauerte, müsse die Beterin allein, ohne ihr Frauenzimmer oder sonstige Begleiter ausführen, damit aber keine Besorgnis über ihr Wohlergehen in dieser Wildnis aufkommen könne, wolle er ihr als Wegweiser und Beschützer einen Bruder seines Ordens mitgeben; denn einen geistlichen Gesellschafter bei sich zu haben, sei ihr nicht nur nicht verboten, sondern empfohlen.

Entrüstet sagte Henriette Maria, das Umherfahren in dem öden Gebirgslande verspreche ohnehin keine Kurzweil, durch einen Begleiter aus dem Orden, der ihr nun einmal widerwärtig sei, werde es ihr vollends unerträglich gemacht, sie wolle ihren Beichtvater, Pater Filiberto, mitnehmen, an den sie gewöhnt sei, und zu dem sie Vertrauen habe. Gegen diesen wendete der Kurfürst ein, daß er Land und Leute nicht kenne und nicht einmal der deutschen Sprache mächtig sei; sie solle sich doch den Bruder, den Pater Gumppenberg für sie ausgelesen habe, wenigstens einmal ansehen, es werde gewiß ein bescheidener, verständiger Mann sein, der ihr nicht lästig fallen werde.

Die Kurfürstin erstaunte nicht wenig, als sich ihr bald darauf ein schöner Jüngling vorstellte mit einem Kranz bläulich-schwarzer Haare um die breite, kindliche Stirn, mit Augen, deren dunkelbraune Farbe eine starke Flamme zu verhüllen schien, mit gerader Nase und schönem, großem Munde, der selten lächelte, dann aber unversehens eine volle Perlenreihe gelblich-weißer Zähne sehen ließ. Auf ihre Fragen teilte er mit, daß er aus dem südlichen Tirol stamme und der jüngste Sohn adeliger Eltern sei, die ihn für das Klosterleben bestimmt hätten. Sein Benehmen war, wenn auch nicht höfisch, so doch voll sicherer Würde, die auf gutem Blute und unantastbarer Unschuld zu beruhen schien. Er war in Blicken und Worten bei aller Ehrerbietung so zurückhaltend, daß Henriette Adelaide kaum wußte, wie sie ihn ermuntern sollte; denn sie fühlte, daß sein kindlich strenger Sinn weder ihrem weiblichen Reiz noch ihrer fürstlichen Hoheit zugänglich war, und fürchtete ebensosehr seine Reinheit zu verwirren, wie sie wünschte, in seiner Seele irgendeinen Widerhall zu erregen. Ihrem Gemahl sagte sie in guter Laune, daß sie nicht geglaubt hätte, in einer Kapuzinerkutte könne sich ein so hübscher, wohlerzogener Jüngling verstecken; sie habe nichts an ihm auszusetzen, als daß er allzu schweigsam sei, vielleicht indessen sei das Fräulein La Perouse, ihr erstes Kammerfräulein, das sie nebst mehreren anderen mitzunehmen beabsichtige, fromm genug, um von ihm eines Gespräches wert gehalten zu werden. Der Kurfürst war hocherfreut, daß sich das Unternehmen so friedlich und aussichtsvoll ordnete; doch ließ er die Gesellschaft nicht abreisen, ohne ihr einen Teil seiner Leibgarde zum Schutze beigeordnet zu haben unter der Führung ihres Kapitäns, des Chevaliers La Perouse, der der genannten Hofdame Bruder war.

Das Geschwisterpaar entstammte einer uralten, französischen, in Savoyen ansässigen Familie, beide waren um mehrere Jahre älter als Henriette Maria und seit sie denken konnten am Turiner Hofe beschäftigt und beliebt. Beide waren in großer Frömmigkeit erzogen, was bei dem Fräulein so gewirkt hatte, daß sie trotz angeborener Lebhaftigkeit sich jede Lustbarkeit versagte und auch die schuldloseste Ausgelassenheit, zu der Jugend und Gelegenheit sie einmal fortrissen, durch anhaltende Bußübungen wieder einzubringen suchte, bis sie zuletzt ein gedrücktes, leicht geängstetes Wesen erhielt, aus dem die Wärme ihrer Natur zuweilen rührend hervorbrach. Ihr Bruder hatte im militärischen Dienst und bei den Gepflogenheiten des männlichen

Lebens die klösterliche Strenge aus dem Kinderdasein beiseitegesetzt und vergessen, nur daß er die erlernten Formen getreulich beobachtete und das ganze Glaubenswesen bei den Frauen seiner Familie und denen des achtbaren Umgangs überhaupt als vornehmstes Erfordernis voraussetzte. Die Kurfürstin war nach seinem Gefühl unter allen Frauen die in jedem Betracht vollendetste, und seine Verehrung für sie war so unbedingt, daß selbst der Kurfürst vor seinem rächenden Schwert nicht sicher gewesen wäre, wenn er sie durch ihn verletzt gewußt hätte.

Der Weisung gemäß, die er vom Kurfürsten empfangen hatte, hielt sich der Chevalier mit seinen Leuten immer ein Stück von dem Wagen entfernt, der seine Herrin einschloß, doch so, daß er das umfangreiche Gefährt nie ganz aus den Augen verlor. Zuweilen sah er, wie der Sommerwind, der über die Hochebene spielte, einen lichten, aus dem Wagenfenster hängenden Schleier hob und gegen den braunen Umhang des Kapuziners trieb, der zu Pferde neben der Kutsche einherritt, oder ein helles Lachen der Fürstin überzeugte ihn, daß sie einstweilen mit dem Verlauf ihrer Wallfahrt nicht unzufrieden war. In Herrsching, wo im größten Bauernhofe übernachtet wurde, lud Henriette sowohl den Chevalier wie den Mönch ein, die Abendmahlzeit in ihrer und ihrer Fräulein Gesellschaft einzunehmen; es wurde dazu eine Tafel vor dem Hause gedeckt, von wo man das allgemach untertauchende Sonnenfeuer rötliche Farben über den dämmernden See ergießen und das Leuchten der fernen Alpen langsam in den Abend versinken sah. Der ländliche Tisch war mit dem in einem Wagen mitgeführten fürstlichen Silbergeschirr und Leckereien beladen, feingebackenem Brot, Obst, Wein und Süßigkeiten; einzig die gebackenen Fische, den edeln Amaul, den Kilch und die geschätzte Bodenrenke, lieferte der Wirt als Erzeugnisse seines Landes. Das appetitliche Essen würzte die Kurfürstin durch die fröhliche Laune, mit der sie ihrem alten Freund und Diener La Perouse wiedererzählte, was der Mönch ihr unterwegs von den Wundern des Heiligen Berges erzählt hatte: wie, während zwischen den Andechsern und den Wittelsbachern eine Fehde wütete, die Mönche alle Reliquien so gut und tief verscharrten, daß sie in der Folge nicht wiedergefunden werden konnten, bis nach vielen Jahren, als gerade ein Franziskaner die Messe feierte, eine Maus über den Altar sprang, zwischen den Zähnen einen Pergamentstreifen tragend, auf welchem nicht nur sämtliche Reliquien, die diesen Wallfahrtsort einst berühmt gemacht hatten, sondern auch der Ort ihres Verstecks verzeichnet waren.

Jetzt erst bemerkte der Chevalier, was für ein schöner Jüngling der Mönch war, den er bisher nur flüchtig in Augenschein genommen hatte, und auch mit wieviel zarter und bescheidener Fürsorge die Kurfürstin ihn behandelte. Dies war nun freilich nicht merkwürdig, insofern der junge Mann eine geistliche Person war, allein bei seiner Schönheit fiel es schwer, sich dessen bewußt zu bleiben, und der Chevalier ertappte sich immer wieder darauf, daß er sich hinter dem unbekannten und unberühmten Jüngling zurückgesetzt fühlte. An ihm war indessen kein Fehler irgendwelcher Art zu entdecken: er aß mäßig, trank nichts als Wasser und blickte mit unbefangenem Ernst auf seinen Teller, wenn er nicht der Kurfürstin auf eine Anrede Auskunft zu geben hatte.

Den letzten Teil des Weges, der sich zwischen Tannen an einem wildabrauschenden Bache steil hinaufwand, wollte die Kurfürstin mit ihrem geistlichen Begleiter zu Fuß zurücklegen; da jedoch die Frauenzimmer dringend baten, den Heiligen Berg gleichfalls besteigen zu dürfen, und der Chevalier sich in ritterlicher Ehrerbietung weigerte, die ihm Anvertraute ganz ohne Schutz der Waffen zu lassen, gab sie allen die Erlaubnis, ihr in einiger Entfernung nachzugehen, und schritt tapfer voraus, ohne sich um ihr Gefolge zu bekümmern. Der Chevalier bekam sie erst am späten Nachmittage wieder zu Gesicht, als sie alle die vorgeschriebenen Gebete und die Verehrung der berühmtesten Reliquien vollendet hatte und sich zum Abstieg anschickte. Sie war von der herben Luft und der Anstrengung des Steigens gerötet, und es schien ihm, als blicke sie zerstreut an ihm vorüber, wie es sonst nicht ihre Art war. Obwohl an dem Kapuziner im Gegensatz zu ihr keine Spur von Erregung wahrzunehmen, die bräunlichblasse Farbe seines edlen Gesichtes unverändert, seine Miene ebenso kindlich strenge wie zuvor war, so konnte der Chevalier doch eines feindseligen Verdachtes nicht Herr werden, als habe er ihren Stolz und ihre Überlegenheit durch irgendeine unerlaubte Einwirkung ins Wanken gebracht. Während des Abendessens, das im selben Bauernhofe von Herrsching verzehrt wurde, neckte die Fürstin ihn mehrmals, er habe solchen Ernst auf die Wallfahrt gestellt, daß ihm das Lachen abhanden gekommen sei und er künftig nur noch zu einem Führer auf Pilgerfahrten taugen werde, und wenn er auch die Scherze sich höflich und untertänig gefallen ließ, schnellte er doch unversehens einen scharfen, zürnenden Blick auf sie, der sie befremdete und leise in sich erschauern machte. Sie erhob sich zeitiger als am vergangenen Tage von der Tafel, indem sie sagte, in dieser unwirtlichen Gegend sei der Abend feucht und frostig, sie wolle mit ihren Frauen das Lager aufsuchen, die Männer möchten es halten, wie sie wollten.

So kam es, daß der Chevalier mit dem Kapuziner alleinblieb, der sein Brevier aus einer Tasche seiner Kutte zog und, die langbewimperten Lider über die umflorte Flamme seiner Augen senkend, still für sich zu lesen anhub. Bei diesem Anblick schwoll der schlecht bemeisterte Unwille des La Perouse so an, als sollte er ihm die Brust zersprengen; wider sein Gewissen, das ihn zurückhalten wollte, machte er seine Stimme stark und sagte unvermittelt zu dem Lesenden: »Ihr habt da einen kurzweiligen Auftrag von Euerem Kloster empfangen! Es muß eine Wonne für einen jungen Mann sein, mit einer schönen Dame wie die Kurfürstin durch die Wildnis zu lustwandeln.« Der Angeredete hob seine Augen ruhig von dem Brevier auf und sagte: »Die Kurfürstin würde schöner sein, wenn sie glücklicher, und glücklicher, wenn sie gehorsamer wäre.«

Die unerwartete Antwort versetzte den Chevalier in ein so großes Erstaunen, daß er eine Weile still und steif auf seinem Sitze blieb und erst, als der Kapuziner sich schon wieder zum Lesen anschickte, gedämpfter als zuvor fragte, wie diese Worte zu verstehen seien: Was einer so hochgestellten Dame zum Glück fehle, und wer von ihr Gehorsam verlangen könne?

Der junge Mönch richtete die Augen seinerseits verwundert auf den Kapitän und sagte: »Wäre sie glücklich, hätte sie die Wallfahrt nicht zu machen brauchen, und wenn sie Gott widerstrebt, dem auch die Kaiser und Könige unterworfen sind, wird ihr auch dieser Bittgang nicht anschlagen; denn Gott vollbringt zwar Wunder, aber nicht wider die Natur, und wird sie kein Kind gebären lassen, ohne daß sie es zuvor empfangen habe. Wenn nun Gottes Ratschluß nicht ihren Gemahl, sondern einen anderen dazu auserwählt hat, so sollte sie nach dem Vorbild der allerseligsten Jungfrau Maria sich dem Herrn unterwerfen, wohingegen sie sich störrisch erweist und durch keinen als den Kurfürsten Mutter werden will.« Dunkelrot vor Zorn sprang der Chevalier auf und rief drohend: »Ihr hingegen würdet gehorsam sein und Euch nicht weigern, wenn Gott Euch zu diesem Werk auserwählt haben sollte?«

Jetzt errötete auch das Marmorgesicht des Jünglings ein wenig, und er sagte mit stolzer Gebärde abweisend: »Mich, einen Gottgelobten, kann Gott dazu nicht befehlen. Ich habe der Fürstin die Meinung der Kirche erklärt; eine andere Pflicht hat die Welt nicht von mir zu fordern. Diene ich auch, soweit ich frei bin, Reichen und Armen mit meinem Leben, so seid ihr alle doch, soweit ich Gottes bin, meiner nicht mächtig.«

Dem Kapitän war so zumute, als wenn die Ordnung der Dinge, so wie sie bis jetzt in seinem Kopfe gewesen war, sich durcheinanderzudrehen begänne. Er hätte glauben mögen, daß der Kapuziner ein Einfältiger sei, aber wenn auch aus seinem schönen Gesichte nicht gerade überflüssiger Verstand sprach, so glänzte doch in diesem Augenblick eine edle Entrüstung darauf, der gegenüber er sich seines unsittlichen Argwohns schämte. »Verzeiht mir,« sagte er, ihm gutmütig die Hand reichend; »Ihr habt mit unserem Treiben nichts zu schaffen und seid wohl deshalb um so glücklicher. Erlaubt mir aber, daß ich Euch um eine Erklärung bitte: Wenn die Ehe ein Sakrament ist, wie kann die Kirche den Ehebruch anraten oder billigen? Wir sind Katholiken, nicht aber Ketzer oder Heiden!«

Den inständigen Blick des Chevalier freimütig erwidernd, sagte der Bruder, hier handle es sich eben um keinen Ehebruch, insofern als Gott, um dem kurfürstlichen Hause Erben zu schenken, was sonst Sünde sei, in Recht umwandle. Wie dies möglich sei, das sei für Menschen unfaßbar und könne auch von der Kirche nur ausgelegt, nicht in seinem Wesen erklärt werden.

Woran man denn aber erkennen könne, fragte der Chevalier lebhaft, wer der Gottgesandte sei? Könne sich nicht ein jeder für den Auserwählten halten und der Kurfürstin mit strafbaren Gelüsten nachstellen? »Wo strafbares Gelüsten ist,« sagte der Mönch ernst, »da ist die Hand Gottes nicht. Wen der Geist treibt, den verwirren keine Zweifel.« Nachdem er das gesagt hatte, beugte er sich mit einer nachdrücklichen Wendung über sein Brevier, als wolle er zu verstehen geben, daß er die Auseinandersetzung hiermit für beendet halte.

Die Nacht brachte der Chevalier ohne Schlaf zu und sah am folgenden Morgen bleich und hohlwangig aus, was an dem blühenden Manne etwas so Auffälliges war, daß die Kurfürstin wieder Gelegenheit nahm, ihn zu necken, während die Frühsuppe eingenommen wurde. Wieder empfing sie neben der in angemessener Untertänigkeit gegebenen Erwiderung den stolzen Blick, der sie seltsam durchschauerte, obwohl sie sich anstellte, als habe sie ihn gar nicht aufgefangen. Bei der Rückfahrt führte er seine Leibwache in einiger Entfernung der Kutsche nach und sah den Kapuziner zu Pferde, wie er den Kopf in sein Brevier neigte und ihn nur zuweilen wendete, um einer Anrede der Kurfürstin zu entsprechen; ihr Lachen indessen hörte er nicht so hell und häufig wie auf dem Hinwege, was der Ermüdung zuzuschreiben sein mochte.

Als man wieder in der Residenz angelangt war, wurde der Kapuziner von dem kurfürstlichen Paare liebreich und ehrerbietig entlassen, war aber nicht zur Annahme eines anderen Geschenkes zu bewegen als einer dem Kloster zu überweisenden Stiftung, die den Armen zugutekommen sollte. Er sprach zugleich mit seinem Dank den Wunsch aus, Gott möge die Wallfahrt der hohen Frau an ihrem Leibe segnen, wobei sie ein wenig errötete, während der anmutige Ernst seiner Miene sich nicht um einen Hauch veränderte.

Auch Pater Gumppenberg und Pater Wildgruber forschten vergeblich, während sie den Bericht ihres jungen Abgesandten entgegennahmen, nach der Spur eines Eindrucks, den die merkwürdige Reise ihm hinterlassen habe. »Ich fürchte, wir haben kein Glück mit dem jesuitischen Systema,« sagte Pater Gumppenberg nachdenklich: »ein biderbes, altdeutsches Gemüt tut nicht wohl, sich mit den spanischen Kniffen abzugeben.«

»Eben darum«, sagte Pater Wildgruber, »hatten wir doch den Tiroler Buben ausgelesen! Mit diesem muß es einen Haken haben, und wenn mich nicht alles trügt, sitzt derselbe in seinem Verstande, sei es nun, daß er zu dumm oder nicht dumm genug für eine so heikelige Konstellation ist.«

Während die Väter sorgenvoll den Erfolg der Wallfahrt erwarteten, hatte der Chevalier La Perouse scharfe Schlachten in seiner Brust geschlagen; denn die Leidenschaft für die Kurfürstin, die ihn ergriffen hatte, nahm täglich zu und war um so schwieriger zu bekämpfen, als sein Amt ihn in ihrer Nähe hielt. Es entging ihm nicht, daß das Feuer, das in ihm wütete, auch sie erfaßte und ihre Würde und ihren Hochmut schmolz, so daß sie auf Augenblicke wie erweichtes Wachs erschien, das durch seine Hand geformt werden sollte. Freilich war sie wiederum herb und launisch, wie sie es nie zuvor gegen ihn gewesen war, und legte es darauf ab, ihn durch nichtachtende Behandlung zu reizen. Eines Abends, als sie ihn, der bestellt war, eine Partie Tricktrack mit ihr zu spielen, ungebührlich lange im Vorzimmer hatte warten lassen, weil sie mit ihrem Musikmeister den Entwurf zu einer Oper durchgenommen habe, und er, ohnehin von Leidenschaft erregt und glühend, sich über die Vernachlässigung beklagte, sagte sie: »Bei der Arbeit vergaß ich, daß ich mit Euch spielen wollte,« und betonte die Worte so, daß er den herabsetzenden Sinn wohl verstand, den sie hineinlegen wollte. Seine Stirn färbte sich dunkelrot, und indem er rasch auf sie zutrat, herrschte er sie drohend an: »Aber ich vergaß nicht, daß ich Euch besiegen wollte!«, riß sie an sich und küßte sie so gewaltsam, als ob er sie zermalmen wollte. Mit erlöschendem und todesseligem Herzen ertrug sie die liebkosende Mißhandlung und war ihrer sich kaum noch bewußt geworden, als er sie freigab, vor ihr niederkniete und sagte: »Nun lege ich mein Haupt vor Eure Füße.« Die Brust noch ungestüm wogend, das Antlitz bleich, erschien er ihr herrlicher als je zuvor; Tränen brachen aus ihren Augen, und mit bebender Stimme sagte sie: »Ich bin die Schuldige!«, worauf sie schnellen Schrittes das Zimmer verließ.

Unter bittern Schmerzen erkämpfte Henriette Adelaide am nächsten Tage den Entschluß, den unseligen Mann zu sich zu befehlen und ihn mit angemessenen Worten in die Stellung zurückzuweisen, die ihrer und seiner Würde und Ehre entsprächen; jedoch, sowie sie ihn eintreten sah, mit dem sieghaften Blick in den großen Augen, mit den Händen, die, fein und gepflegt, sie doch grausam angefaßt und ihr Schmerz zugefügt hatten, erlahmte ihre mühsam gesammelte Kraft sogleich, und anstatt einer Herrin stand sie ihm, einer Sklavin nicht ungleich, gegenüber. Ein solches Gefühl hatte sie noch niemals vorher empfunden, und es war ein Rausch für sie, sich ihm hinzugeben, in welchem Zustande es ihr erschien, als sei sie jetzt in den Mittelpunkt des Lebens gerissen worden. War er nicht bei ihr, so fühlte sie sich zwar geängstigt und gequält; allein sie brauchte sich nur die Empfindung zu vergegenwärtigen, mit der sie die Wange an seine Schulter schmiegte, um über jeden Zwiespalt hoch emporgehoben zu werden.

Voll Sorge und Schrecken bemerkte das Fräulein La Perouse, was vorging; ihr Bruder, an den sie sich mit flehenden und drohenden Vorstellungen wendete, verwies ihr die Einmischung, und der Kurfürstin gegenüber wagte sie keine Andeutung zu machen. Sie wußte in ihrer Not kein anderes Hilfsmittel, als in der Kirche oder in ihrem Schlafgemach vor dem Betpult zu weinen und zu beten, und durch ihre Anwesenheit, zu der ihr Amt als Kammerfräulein ihr Anlaß gab, den beiden Frevlern das Alleinsein zu erschweren. Das verweinte Gesicht ihrer Gesellschafterin trug dazu bei, die Kurfürstin trübe zu stimmen, wenn sie von dem Gegenstand ihrer Leidenschaft entfernt war. Vor allem aber ergriff sie der Anblick ihres Gemahls, so daß ihr zuweilen, wenn sie bei den Mahlzeiten ihm gegenübersaß, Tränen in die Augen traten, ohne daß sie einen Grund dafür angeben konnte. Eine solche Reizbarkeit war ihr früher nicht eigen gewesen, da im Gegenteil der Strahlenglanz ihres Blickes noch selten durch Weinen verwischt worden war, und der Kurfürst besorgte ernstlich, ihre Gesundheit könne etwa bei der Wallfahrt Schaden gelitten haben. Überhaupt, dachte er, hätte er sie nicht dazu veranlassen sollen, weil vielleicht der Gedanke für sie belastend sei, daß sie ihn im Hinblick auf den mangelnden Erben enttäusche.

Eines Tages begab es sich, daß der Kurfürst, um seine Gemahlin zu zerstreuen, sie einlud, ihn in den Grottenhof zu begleiten, wo die beschädigte Figur einer Nymphe durch italienische Arbeiter wiederhergestellt wurde. Ein etwa dreijähriges Kind, das zu diesen gehören mochte, spielte am Rande des Beckens, aus dem die Schale mit der Statue des Perseus aufsteigt, und bückte sich eben mit ganzem Leibe so tief über das Wasser, daß der Kurfürst, im Gefühl, es sei in Gefahr hineinzufallen, es rasch ergriff und auf seinen Arm hob. Sogleich eilte einer von den Arbeitern erschrocken hinzu, entschuldigte die Anwesenheit des Kindes und wollte es dem Kurfürsten abnehmen; der jedoch machte eine beschwichtigende Bewegung mit der Hand, als bedürfe es der Entschuldigung nicht, und nickte dem Kinde zu, das über den plötzlichen Eingriff des fremden Mannes zunächst ein wenig entrüstet zu sein schien. Seine Versuche, mit ihm zu spielen, ließ es sich gefallen, ohne sie gerade zu billigen, und betrachtete ihn trotzig und aufmerksam untersuchend, wobei es einen mit Rubinen und Diamanten besetzten Knopf entdeckte, der nebst anderen ähnlichen sein Gewand schmückte. Nachdem es ihn eine Weile mißfälligen Blickes angesehen hatte, ergriff es ihn plötzlich mit einer seiner kleinen schmutzigen Hände und riß ihn, sich kräftig gegen die Brust des Kurfürsten stemmend, mit entschlossenem Ruck los. Der Kurfürst lachte, drückte einen Kuß auf den kleinen trotzigen Mund des Kindes und sagte: »Behalte diesen, aber die anderen lasse mir!« worauf er es niedersetzte und dem Vater empfahl, es besser zu beaufsichtigen, damit es nicht in das Wasser falle.

Im Weitergehen schob Henriette Adelaide leise ihren Arm in den ihres Mannes, und als sie im Münzhof angekommen waren, der kalt und stillag, ergriff sie seine Hand, zog sie zärtlich und demütig an ihre Lippen und sagte:

»Nur dich habe ich lieb! nur dich, nur dich!« mit anschmiegender Stimme. Nach einem Augenblick der Überraschung zog er sie rasch an sich, küßte sie und sah ihr ins Gesicht, wobei er wahrnahm, daß ihre Augen feucht waren, und fühlte, daß ihr Herz unruhig klopfte. Wie sie so standen, kam ihr der Gedanke, daß sie dem schmählichen Zustande, in dem sie lebte, jetzt ein Ende machen müsse, bevor ihr die Kraft dazu wieder entfiele, und sie sagte, den Arm ihres Mannes fest umfassend: »Ich möchte dir, lieber Freund, den Vorschlag zu einer Veränderung in meinem Hofstaate machen. Du weißt, daß mein Vater mir den Chevalier La Perouse als Oberhofmeister mitgab, da ich ihn seit meinen Kinderjahren kenne und an seinen Umgang gewöhnt bin. Nun scheint es mir aber, daß für einen Mann seiner Art dies Amt zu höfisch und weichlich ist, und daß er sich nach der rühmlicheren Laufbahn des Soldaten sehnt, und ich möchte ihn in so berechtigten Wünschen nicht hindern, vielmehr fördern.«

Der Kurfürst sah sie groß an und sagte mit fester Stimme: »Es ist mir vor einiger Zeit einmal aufgefallen, daß La Perouse einen Blick auf dich warf, der einem Funken glich. Hängt dein Gesuch mit der Gefahr zusammen, die das Umherfliegen zündenden Stoffes mit sich bringt?«

Sie erwiderte tapfer, indem sie sich ein wenig aufrichtete und den Kopf hob: »Ja, so ist es,« und wollte die Bitte hinzufügen, er möge den Chevalier nicht ein Gefühl entgelten lassen, das sie sich anklagen müsse, nicht im Keim unterdrückt zu haben. Er jedoch unterbrach sie, indem er sagte: »Was ich nicht gesehen habe, ist nicht. Der Chevalier hat keine andere Schuld als jenen Blick, den ich zufällig aufgefangen habe, und diese vergebe ich ihm.« In seinem Wesen und seiner Haltung lag, wie er das sagte, etwas Königliches, das Henriette Adelaide schweigen machte; sie lehnte sich still an ihn, worauf er mit herzlicher Sicherheit einen Kuß auf ihre Stirn drückte und ihr, durch das Antiquarium schreitend, die Herkunft und den Wert verschiedener Kunstmerkwürdigkeiten erklärte, die dort aufgestellt waren, ohne daß eines von ihnen die schaurige Kälte empfunden hätte, die bei der herbstlichen Jahreszeit in dem breiten Gewölbe herrschte.

Seit diesem Tage war der Kurfürst von zuversichtlichem Frohsinn beseelt, und wenn er ohnehin stets bedacht war, seine Gemahlin zu erfreuen, so legte er es jetzt vollends darauf ab, den leichten Schleier von Niedergeschlagenheit von ihr abzulösen, der die stolze Heiterkeit ihres Wesens seit einiger Zeit verhüllte. Zu dem Zweck ermunterte er ihre frühere Baulust und begann von der Kirche des heiligen Cajetan zu sprechen, die sie hatte begründen wollen, was denn auch nicht verfehlte, ihre Teilnahme zu erregen und ihre Unternehmungslust anzuschwellen. Bald lag ihr künstlich eingelegter Tisch aus Lapislazuli und Korallen, dessen Fläche ein dunkelblaues, von scharlachroten Segeln durchflammtes Meer darstellte, voll von den Plänen römischer Kirchen und den neuen Entwürfen des italienischen Baumeisters, die den Sommer über in Vergessenheit geraten waren, und es wurde beschlossen, sowie die günstige Frühlingszeit einträte, mit der Arbeit zu beginnen.

Als im Scheine der kräftigen Maisonne auf dem der Residenz gegenüberliegenden freien Platze ein frohgemächliches Hantieren von Arbeitern sich zu entfalten begann und das Volk von der jesuitischen Kirche munkelte, die dort errichtet werden sollte, schürzte sich Pater Gumppenberg noch einmal und erschien mit ernstem Vorwurf vor dem Kurfürsten. Dieser hörte die Klage ohne Verlegenheit, vielmehr fragte er erstaunt, ob der ehrwürdige Vater sich nicht erinnere, daß er selbst ihm, dem Kurfürsten, geraten habe, es mit dem heiligen Cajetan zu versuchen, wenn die Wallfahrt nicht fruchten werde? Er habe den ganzen Sommer und Winter hindurch gehofft und geharrt, nun habe er betrübt auf den erflehten Segen verzichtet und beschlossen, das Anliegen seines Hauses dem heiligen Cajetan anheimzustellen, obwohl derselbe dem Bayerlande fremd und in keiner Weise verbunden sei. In der Hoffnung, daß er sich wundertätig erweise, errichte er ihm einen würdigen Altar, damit er und seine Untertanen ihm Dank und Preis darbringen könnten für die Hilfe, die er ihnen in der Bedrängnis erwiesen.

Diese Erklärung schlug zwar den Kampfesmut des Pater Gumppenberg beträchtlich nieder, doch gab er seine Sache noch nicht völlig auf, sondern rückte dem Kurfürsten einige Gegengründe vor: Ob man denn in Bayern schon so rat- und mittellos sei, daß man gleich zum Entlegensten greifen müßte? Wenn die Frau Kurfürstin, wie er empfohlen hätte, nach dem Herkommen zu der hölzernen Maria in Alt-Ötting gepilgert wäre, möchte alles andere gekommen sein. Ob da nicht der heilige Franz Xaver, der heilige Michael und vor allen Dingen der schon vielerwähnte heilige Benno wären? Hätte nicht der heilige Benno sogar den blutdürstigen Schwedenkönig im Zaune gehalten, daß er, ohne der Kirche und der Stadt einigen Schaden zu tun, vorübergezogen wäre? Hätte nicht die heilige Mutter Gottes mancher Pest Einhalt geboten, die sonst Land und Leute verzehrt haben würde? Was aber würde in dieser Art von dem sogenannten heiligen Cajetan berichtet? Und wenn er auch einmal ein Wunder täte, so müßte man noch zweifeln, ob es zum Guten ausschlüge.

So weit wolle er sich nicht einlassen, entgegnete der Kurfürst, wisse auch nicht, wie es zu verstehen sei, daß seine Nachkommenschaft, die Enkel so hochberühmter Ahnen, übel ausschlagen sollten.

Pater Gumppenberg entschuldigte sich, daß er so etwas, als des kurfürstlichen Hauses treuester Knecht und Berater, niemals habe andeuten wollen. Auch würde er der erste sein, dem heiligen Cajetan zu danken, wenn durch seine Fürbitte die Kurfürstin gesegnet werden sollte; nur gebe er zu bedenken, ob der Kurfürst nicht erst die Gnade erwarten wolle, bevor er den Dank darbringe, wie das jederzeit mit einem Gelübde gehalten worden sei. Nein, erwiderte der Kurfürst freundlich, er gedenke nun einmal, den Heiligen durch sein Vertrauen und seine Dienstwilligkeit zuvor zu ermuntern. Suche doch ein Volk die Huld eines fremden Monarchen durch Geschenke sich zu verdienen, anstatt daß es die empfangene belohne; und nicht weniger ehrerbietig wolle er sich Gott und seinen Heiligen gegenüber verhalten.

Es war erst ein kleines Kränzlein von Steinen an dem neuen Bau ablegt worden, als die glorreiche Kunde sich verbreitete, die Kurfürstin sei guter Hoffnung, und wenn Gott sich ferner gnädig erweise, werde die Not des Landes binnen Jahresfrist ein Ende nehmen. Nun wurde lustig gebaut, und als zu rechter Zeit ein fürstlicher Knabe das heitere Licht der Stadt München erblickte, stiegen die Mauern vollends hurtig empor, ohne daß fernerhin jemand ein Mißfallen daran laut werden zu lassen hätte wagen dürfen. Freilich erst wenige Jahre vor ihrem Tode konnte Henriette Adelaide die im fröhlichen Triumphe thronende Kuppel vollendet sehen, von der unermeßlich schwebenden Himmelsrotunde lächelnd umwölbt.

Nach der Geburt des Kronprinzen blieb die Gesundheit der Fürstin gebrechlich, wiewohl sie in ungetrübtem Eheglück bis an ihr Ende lebte und noch manches herrliche Lustgebäude errichtete und auszierte. Indes sie glanzvolle Feste voll Musik und schöner Symbole anordnete und in bedeutungsvollen Tänzen selbst ausführte, übte das Fräulein La Perouse die Reue und Buße, die nach ihrem Dafürhalten durch die strafbare Leidenschaft ihres Bruders zu seiner Herrin verpfändet war. Abend für Abend las sie stundenlang in Gebetbüchern und rollte, auf dem Betschemel kniend, unermüdlich Rosenkränze ab, wodurch ihr Gesicht länger, ihre Wangen hohler, ihre Augen tiefer wurden. Dieser Gewohnheit frönend, verursachte sie in einer Nacht den Brand des Schlosses, der nicht wenig Kunst und Pracht zerstörte und dazu noch das zarte Leben Henriette Adelaides antastete; denn sie vermochte die Folgen des Schrecks und der Flucht vor den nachjagenden Flammen nicht zu überwinden und starb nach kurzem Kränkeln, ihren Gemahl nach sich ziehend, der nur noch auf Erden zu verweilen schien, um ein Denkmal unsterblicher Trauer über dem verschwindenden Leibe zu errichten und sich dann für die Dauer der Grabesruhe ihm beizugesellen.

Printed by BoD™in Norderstedt, Germany